LONGLEGS THE BLUE HERON
长腿苍鹭

[美] 桑顿·W.伯吉斯 著　　赵娟丽 译

中国画报出版社·北京

图书在版编目（CIP）数据

长腿苍鹭 /（美）伯吉斯著；赵娟丽译. -- 北京：中国画报出版社，2018.4
ISBN 978-7-5146-1504-3

Ⅰ. ①长… Ⅱ. ①伯… ②赵… Ⅲ. ①童话—美国—现代 Ⅳ. ①I712.88

中国版本图书馆CIP数据核字(2017)第321213号

长腿苍鹭

[美] 桑顿·W.伯吉斯 著 赵娟丽 译

出 版 人：于九涛
责任编辑：代莹莹
版式设计：詹方圆
责任印制：焦 洋

出版发行：中国画报出版社
地　　址：中国北京市海淀区车公庄西路33号　邮编：100048
发 行 部：010-68469781　010-68414683（传真）
总编室兼传真：010-88417359　版权部：010-88417359

开　　本：32开（787mm×1092mm）
印　　张：6.75
字　　数：75千字
版　　次：2018年4月第1版　2018年4月第1次印刷
印　　刷：三河市文通印刷包装有限公司
书　　号：ISBN 978-7-5146-1504-3
定　　价：25.00元

出版说明

为了使读者朋友们全面了解这套动物小说,特作如下说明。

关于作者:桑顿·W.伯吉斯(1874—1965)是美国国宝级儿童文学大师,世界三大动物小说大师之一。另外两位动物小说大师是欧内斯特·汤普森·西顿和亚瑟·贝雷。

桑顿·W.伯吉斯的动物小说主打"温情",欧内斯特·汤普森·西顿的动物小说主打"悲情",亚瑟·贝雷的动物小说主打"恩情"。三种动物小说风格各异,蔚为大观,共同构成了20世纪前半叶世界动物小说的美丽画卷,促成了20世纪50年代后动物小说流派的开枝散叶和开花结果。动物小说创作的兴起和发展,赖此三子;动物小说的受欢迎和热销,亦赖此三子!

1874年2月14日,桑顿·W.伯吉斯生于马萨诸塞州的桑威奇。同年,他的父亲病逝。从此,他与母亲相依为命,母子二人生活清苦。童年时,他就放牛,摘野草莓,收野浆果,从池塘里运水莲,卖糖果,抓麝鼠……

桑顿·W.伯吉斯的第一位雇主是威廉·C.奇普曼。威廉·C.奇普曼的居住地遍布森林和沼泽,是野生动物生活的天堂。优美的环境深深地印在小伯吉斯的脑海里,后来激发了他无限的创作灵感。他的作品中的许多地点,譬如哈哈溪、微笑池塘、格林森林、格林牧场、蔷薇丛等,莫不与其童年的经历有关。

1891年,桑顿·W.伯吉斯毕业于桑威奇高中。1892年到1893年,他在波士顿一所商科学校短暂学习过一段时间。不过,他对商科不感兴趣,一心想成为作家。最后,他选择了菲尔普斯出版公司(Phelps Publishing Company),担任编辑助理。

1905年,桑顿·W.伯吉斯与妮娜·奥斯本喜结连理。遗憾的是,一年后,妮娜·奥斯本去世了,留下一子。据说,桑顿·W.伯吉斯之所以创作动物小说,是因为他想通过给儿子讲故事,陪儿子长大。1911年,桑顿·W.伯吉斯再婚。他的妻子叫范妮。范妮结过一次婚,嫁给桑顿·W.伯吉斯时已经是两个孩子的母亲了。1925年,夫妇二人在马萨诸塞州的汉普登买了一所房子。桑顿·W.伯吉斯在这里一住就是三十二年,直到1957年。其间,他常回桑威奇。他经常说,桑威奇是他的精神家园。桑威奇的经历,桑威奇的熟人,都强化了他的创作志趣,促进了他的文学风格的形成。五十年来,他笔耕不辍,著作等身,其中出版的动物小说就达一百七十种,为日报专栏写的动物小说故事就更多了,超过了一万五千篇。1960年,桑顿·W.伯吉斯最后一本书《业余自然主义者自传》(*Autobiography of an Amateur Naturalist*)面世,讲述了他从懵懂顽童走向文学生涯巅峰的故事。1965年6月5日,桑顿·W.伯吉斯病逝,享寿九十一岁。

关于作品:本次出版桑顿·W.伯吉斯的作品共十二册,分别是《快乐的松鼠杰克》、《兔子彼得夫人》、《狐狸奶奶》、《猎犬鲍泽》、《大熊巴斯特的双胞胎》、《麝鼠杰里在微笑池塘》、《乌鸦布雷奇》、《水貂比利》、《小水獭乔》、《森林鼠怀特富特》、《长腿苍鹭》和《鹿莱特富特》。每本书都以一个小动物为主题，讲述了跌宕起伏的冒险故事，演绎了"温情"这个主旋律。无论主角还是配角，都向往"公平"和"友好"。大自然母亲，西风妈妈和她的孩子们——快乐的小微风，太阳公公，月亮婆婆，北风哥哥和冰霜杰克等配角莫不如此，更不用说快乐的松鼠杰克等主角了。此外，伯吉斯将"环保理念"融入了小说。随着伯吉斯动物小说影响的不断扩大，"环保理念"进入千家万户，积极地推动了20世纪50年代后环保主义、自然保护主义和可持续发展主义的兴起。

关于版本：本书依据纽约格罗塞 & 邓拉普（GROSSET & DUNLAP）出版公司的版本翻译而成。

关于丛书的影响：（一）多语种出版，全欧美畅销。桑顿·W.伯吉斯生前及去世后，其作品被翻译成德语、法语、意大利语、西班牙语、瑞典语、盖尔语等十多个语种，据说，总销量已经超过一亿册。（二）桑顿·W.伯吉斯的作品中的主角"兔子彼得"（由哈里森·卡迪创作）与比阿特丽克斯·波特创作的"彼得兔"一争高下。桑顿·W.伯吉斯说："比阿特丽克斯·波特创作的'彼得兔'形象名扬全世界，而我和哈里森·卡迪创作的'兔子彼得'同样深入人心。"（三）自然广播联盟近五十年大力推荐，美国三十个州数千万人受益匪浅。从1912年开始，桑顿·W.伯吉斯通过自然广播联盟播出他的动物小说，美国三十个州数千万人收听，深受父母和老师们好评。（四）推进动物小说在美国的普及，桑顿·W.伯吉斯荣膺"世界三大动物小说大师之一"的美誉。五十年辛苦不寻常，他的"温情"动物小说与世界另外两位动物小说大师西顿和贝雷的作品分庭抗礼，不分伯仲。（五）促进了环保理念在美国上下的普及。《迁徙性野生动物保护法》诞生，桑顿·W. 伯吉斯功不可没。以保护土壤为目标的"格林森林俱乐部"（The Green Meadow Club）和以保护野生动物为目标的"睡前故事俱乐部"（The Bedtime Stories Club）的成立，离不开桑顿·W. 伯吉斯的努力。（六）荣获波士顿科学博物馆（Museum of Science, Boston）金奖和永久性野生动物保护（Permanent Wildlife Protection Fund）特殊贡献奖两项大奖。

关于译者： 本书译者为西安科技大学李黎老师与王立言老师、兰州交通大学的王宝老师与赵娟丽老师、陇东学院的韩晓老师以及资深翻译王清老师。其中，李黎老师翻译了《快乐的松鼠杰克》《兔子彼得夫人》，赵娟丽老师翻译了《水貂比利》《麝鼠杰里在微笑池塘》《长腿苍鹭》，王宝老师翻译了《乌鸦布雷奇》《大熊巴斯特的双胞胎》《森林鼠怀特富特》《鹿莱特富特》，王立言老师翻译了《猎犬鲍泽》，韩晓老师翻译了《小水獭乔》，王清老师翻译了《狐狸奶奶》……各位老师治学严谨，译笔优美，为确保本书的质量奉献良多。在此，深表敬意。

尽管出版前我们做了许多工作，然而不足之处实难避免，欢迎读者朋友们批评指正。

目 录

第一章 长腿苍鹭耐心等待……002

第二章 翠鸟拉特尔突然到来……008

第三章 长腿苍鹭臭骂翠鸟拉特尔……014

第四章 兔子彼得来到微笑池塘边……020

第五章 青蛙老爷爷快要大难临头了……026

第六章 兔子彼得到底做了什么……032

第七章 青蛙老爷爷现在行事谨慎了……038

第八章 青蛙老爷爷误会了兔子彼得……044

第九章 青蛙老爷爷向兔子彼得道歉……050

第十章 快乐的小微风的悄悄话……056

第十一章 兔子彼得找到了小苍鹭……062

第十二章 残忍的捕兽夹……068

第十三章 好人与恶人……076

第十四章 守护小苍鹭……082

第十五章 狐狸雷迪突然出现……088

第十六章 兔子彼得死里逃生……094

第十七章 狐狸雷迪故伎重演……100

第十八章 一场"耐心"比赛……106

第十九章 兔子彼得刨了个小孔……112

第二十章 松鸦塞米及时出现……118

第二十一章 兔子彼得与松鸦塞米商量……126

第二十二章 松鸦塞米遵守诺言……132

第二十三章 悦耳的口哨声……138

第二十四章 农夫布朗的儿子来了……146

第二十五章 长腿苍鹭夫人绝望了……152

第二十六章 小苍鹭学到了很多东西……158

第二十七章 奇怪的友谊……164

第二十八章 长腿苍鹭回来了……170

第二十九章 兔子彼得获取了一些知识……176

第三十章 "愚蠢"的吵架……182

第三十一章 长腿苍鹭来自鹭族……190

第三十二章 水蛇家族捕鳟鱼……196

第三十三章 长腿苍鹭走了……202

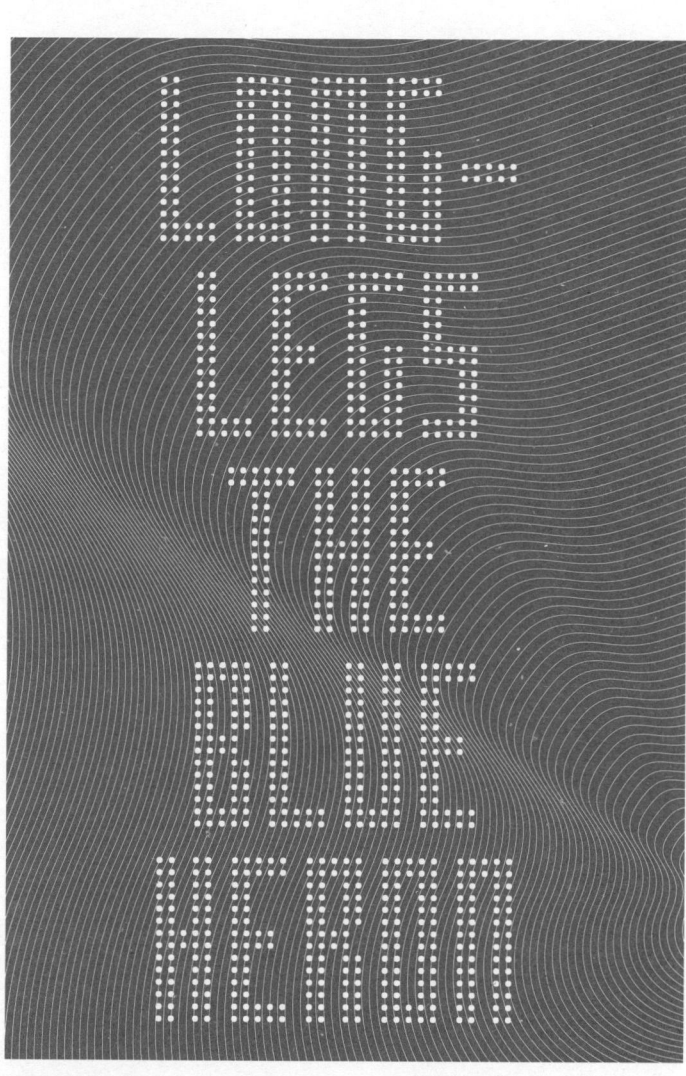

第一章
长腿苍鹭耐心等待

仔细观察,
耐心等待,
定在睡前饱餐一顿。

为了给自己加油鼓劲儿，长腿苍鹭把这几句话重复了一遍又一遍。除此之外，别无他法，因为他现在很饿，并且饥饿的感觉每分每秒都在增加。在微笑池塘边上的灯芯草丛中，他已伫立许久。长腿苍鹭是个捕鱼者，名气很大。很久以前他就知道，作为一名捕鱼者，最需要的是耐心。因此，从小时候到现在，他一直在训练自己的耐心。

　　在这个特别的早晨，他到达微笑池塘的时间比往常晚了一点点。鱼鹰伯兰特偶然经过微笑池塘，一眼就看到了一条鱼，鱼多么好吃啊！他立刻从空中俯冲下去，微笑池塘上溅起了巨大的水花。水花实在太大了，吓坏了池塘里大大小小的鱼。鱼鹰伯兰特抓起那条令人垂涎欲滴的鱼飞走了。长腿苍鹭到达的时候，微笑池塘中的水花刚刚消失。所以，他不知道微笑池塘发生了什么事情。他原本很有信心很快就会享用一顿丰盛的早餐，但如果他知道鱼鹰刚才来这里抓鱼了，或许会换个地方碰碰运气。可惜他不知道，也没人告诉他。

长腿苍鹭将长腿落下，翅膀收起来，在灯芯草丛里站定了，这一幕让麝鼠杰里看个正着。麝鼠杰里喃喃自语道："如果我没猜错的话，他得等上好长一段时间，但这不关我的事。当然，如果一些愚蠢的蝌蚪恰巧从这儿经过，那就另当别论了。不过，我想，青蛙老爷爷不会让他们过来的。"

青蛙老爷爷肯定不会让蝌蚪过来，麝鼠杰里的判断非常正确。刚才捕鱼的鱼鹰伯兰特不仅吓坏了鱼儿，还吓坏了青蛙老爷爷。他从那片绿油油的大睡莲叶子上跳下,一头扎进了水里。当他小心翼翼地探出头来观望时,刚好看到长腿苍鹭来了。他知道长腿苍鹭来这里的目的。大睡莲叶子附近的水很深,长腿苍鹭过不来,所以青蛙老爷爷不怕他。但青蛙老爷爷担心他的子孙们,也就是那些小蝌蚪们。他心里明镜似的,小蝌蚪们特别喜欢在灯芯草丛中嬉戏。

"我必须让孩子们远离那里。"青蛙老爷爷咕哝道。接着,他没入水中,消失不见了。他见到了小蝌蚪们并下了命令,如果他们想要活命,今天早晨就必须离开这里,到别处去玩耍。然后,他蹦到那片绿油油的大睡莲叶子上,一边等飞虫"自投罗网",一边密切关注着长腿苍鹭的动静。

过了一段时间,长腿苍鹭发觉有些不对劲儿。起初,他以为早晨来这里时被人看到了,于是就心想:"如果我一动不动地站在这儿,微笑池塘的小居民们要么忘记我来这里了,要么认为我离开了。"于是,他就在灯芯草丛里一直站着，长这么大他这是第一次站这么久。如果不是刚好看到他的眼睛，你一定会认为他睡着了。但他的眼睛里可没有一点儿睡意。他仔细寻找着粗心的小鱼或者大意的小蝌蚪，眼睛看起来既明亮又敏锐。

就这样，长腿苍鹭站在灯芯草丛中等啊，等啊。如果你看到他的状态，就知道什么是耐心了。时间一长，虽然他很有耐心，但他的肚子越来越饿了。微笑池塘里没有小鱼游泳或小蝌蚪尾巴摆动时泛起的涟漪。今天的情况太奇怪了。有那么一会儿，他都想离开这里，去别的地方试试运气了，还好他没有忘记"只要有耐心，迟早有回报"的道理。所以，他继续等待，就像一位出色的捕鱼者一样。最后，他的耐心终于得到回报了：一群正在玩耍的小鱼离灯芯草丛越来越近了。长腿苍鹭的眼睛一亮，再次记起了那首小诗："仔细观察，耐心等待，定在睡前饱餐一顿。"

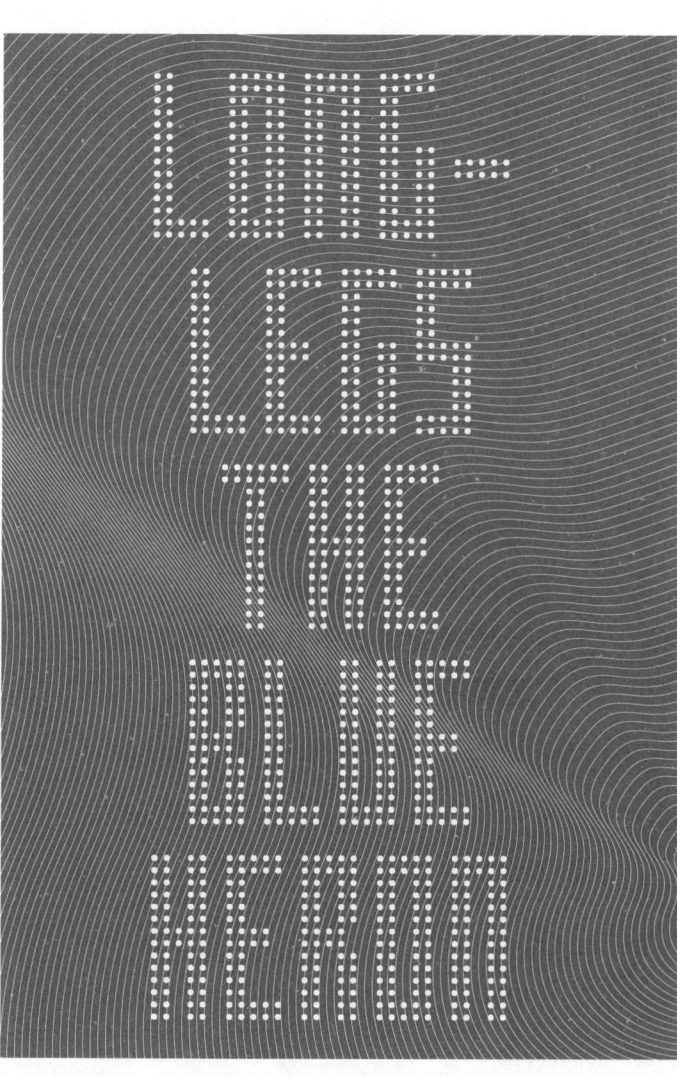

第二章
翠鸟拉特尔突然到来

宝宝未出生,不要数个数;
美食没到嘴,不要流口水;
翅膀尚稚嫩,不要翩翩飞;
面前没有水,休想把脸洗。

长腿苍鹭站在微笑池塘里，双眼流露出喜悦，因为就在他的前面，一些小鱼正在嬉戏，并且正一点点地靠近他。他很了解这些小鱼，他们非常喜欢在灯芯草丛中玩耍，而玩耍时会粗心大意。如果长腿苍鹭不在这儿，其实，小鱼在这片浅水里要比在深水里安全，因为深水里生活着数不清的大鱼，他们和长腿苍鹭一样都喜欢吃小鱼。但灯芯草丛生长的这片浅水，大鱼来不了，小鱼却来去自如，而且这里有充足的食物。

长腿苍鹭信心十足，因为他认为这些小鱼并不知道自己在这里，再过一会儿，他们就会游到自己的脚边了。他已经等了这么久，饿得前胸贴后背了。到现在他连一只蝌蚪的影子都没看到。所以,看到小鱼时,他很兴奋。如果去抓的话,毫无疑问,他一定抓其中最肥美的那条。

可是,大自然存在一条法则:东西只有吃到肚子里才是你的。大熊巴斯特发现蜜蜂比西时,就觉得蜂巢里的蜂蜜都是他的了,但事实上,一半蜂蜜还没吃到,他就被农夫布朗的儿子吓得落荒而逃了。狐狸雷迪不止一次觉得能抓到兔子彼得,但事实上,兔子彼得总能出其不意地成功逃脱。条纹蛇先生抓到一只小树蛙,正准备吞下,他有充分的理由相信小树蛙就是他的了,可是农夫布朗的儿子来了,迫使他吐出了小树蛙。所以,有时看似确定无疑的事,最后却不尽如人意。

长腿苍鹭本该知道这个道理,但他还是认为这些小鱼已经是他的了。他甚至已经感受到,鱼儿进了喉咙,滑入了空空如也的胃里,别提多舒服了。这时,那些粗心大意的小鱼越游越近了。长腿苍鹭往后收头,这是要准备以迅雷不及掩耳之势出击呢。那条最大、最肥的小鱼正懒洋洋地游向长腿苍鹭,眼看就触手可及了。

就在这时,另外一个捕鱼者从微笑池塘边的大山核桃树上飞了下来。他身材娇小,头戴尖帽。他的头显得很大,与他的身体很不协调。他穿着灰、蓝、白三色相间的外套,虽然衣着朴素,但英姿飒爽。他一直飞到鱼群上方,然后似乎在空中静止了一秒钟,接着收紧翅膀,迅速扑到水面上。银色的水花四溅。他再飞起来时,嘴里正叼着那条最肥美的小鱼呢。他欢快地飞回了大山核桃树,然后狼吞虎咽起来,不一会儿就把小鱼吃了个精光。

他就是翠鸟拉特尔!

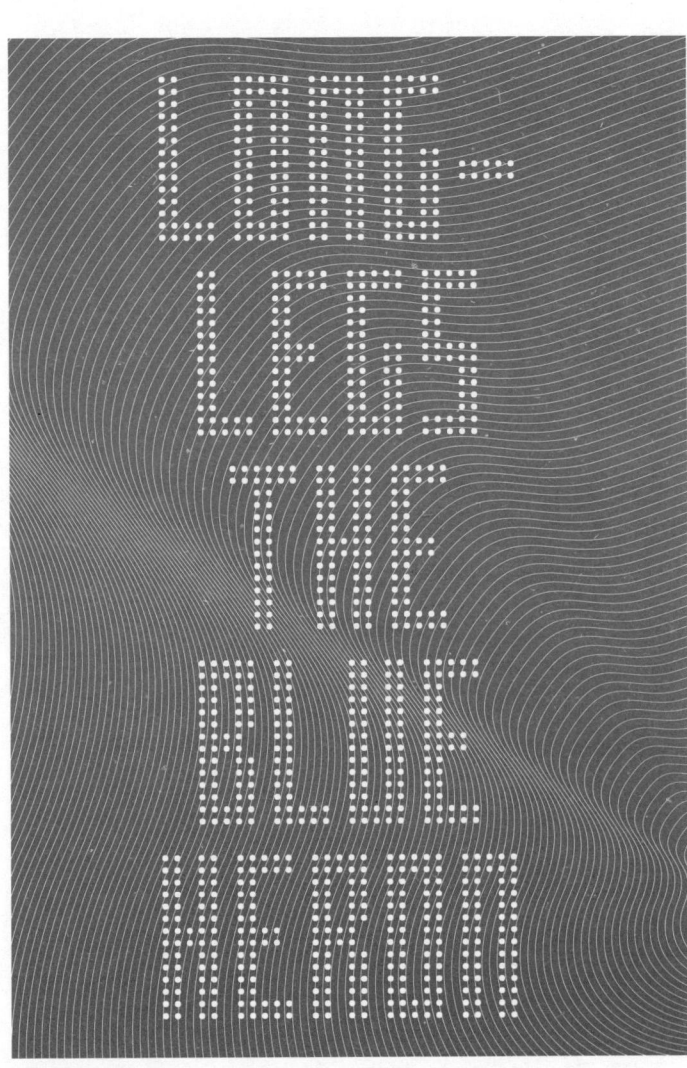

第三章
长腿苍鹭臭骂翠鸟拉特尔

说话不动脑,
你说多糟糕。
所以管好嘴巴,
不要胡说八道。

不动脑子的人，说话常常轻率。这种人口若悬河，却从来不会静心想想他们说的话是否正确，是否会伤到别人。一般来说，他们要么在搬弄是非时说话轻率，要么在发脾气时说话轻率。在这个美丽的夏日，长腿苍鹭就说话轻率了，并且他属于第二种情况。他气不打一处来，想都没想就大骂起来。如果说话前三思，他一定不会这样。

饥肠辘辘的长腿苍鹭为了吃一顿早餐，已经耐心地等了很久。他是这样一种捕鱼者，他不会追赶鱼，而是等鱼送上门来。小水獭乔却是另一种捕鱼者，作为游泳健将，他可以在水里捕鱼。长腿苍鹭不会游泳，所以只能耐心地等，待鱼儿足够接近时，嗖地伸出脖子捉鱼，然后将鱼收入像鱼叉一样的喙中。

在这个特别的早晨，长腿苍鹭等了那么久，最后却眼巴巴地看着翠鸟拉特尔抢走了鱼，而且是其中最肥美的那条。别的鱼都被他吓跑了。

"你这个强盗！"长腿苍鹭冲翠鸟拉特尔尖叫道，"那是我的鱼！"

翠鸟拉特尔笑了。他的笑声本来就不好听，现在就更难听了。他正忙着吃鱼，哪有工夫搭理长腿苍鹭。鱼太肥了，卡在了他的喉咙里。为了吞下鱼，他扭着身子，挺着脖子。最后，他看着长腿苍鹭，咯咯地坏笑。

"如果鱼是你的，为什么你没抓住呀？"翠鸟拉特尔问道，"怎么能说是你的呢？我甚至都不知道你在这儿。"翠鸟拉特尔顿了顿，然后补充道："谁能抓住鱼，鱼就是谁的。你没抓住，所以鱼不是你的。"

长腿苍鹭反驳道："就是我的！"他的声音刺耳

极了，跟拉特尔的一样。"就在我要捉时，你却飞来抢走了。你就是强盗！我要去告诉大伙儿，你就是强盗！你抢了我的早餐！"

翠鸟拉特尔又咯咯地笑了。现在他已经吃美了，才不会轻易生闲气呢。脾气好不好与肚子饱不饱有关系。长腿苍鹭饥肠辘辘，所以他脾气很糟；翠鸟拉特尔已经吃饱，所以他的脾气很好。

翠鸟拉特尔说道："去吧，去吧，你尽管去告诉大家我是强盗。我也会对大家说，你是一个腿长、脖子长、脾气坏、好吃懒做的家伙。你不去捕食，光等着食物送上门来。大家都知道，我这辈子从不抢食。大家都清楚，你就是我刚才说的那种人。我不善交际，所以我朋友不多，但你一个朋友也没有。骂人谁不会！在骂人方面，我不输给你。所以，你尽管去吧。你以为，你说我是小偷，我就是了吗？其实，我们心里都明白，谁捕到鱼，鱼就归谁。你会为你刚才的失态付出代价。

我会一直待在微笑池塘边。在捕鱼方面,你什么时候赢过我?听我一劝,你去大河吧。在那里,你很快就会填饱肚子,到那时你就不会觉得那么难受了。"

长腿苍鹭愤怒地张开嘴巴,想要反驳,却没有说出一个字来,因为翠鸟拉特尔说的都是事实。而且,说实话,他有点儿羞愧。于是,他展开翅膀向大河飞去了。翠鸟拉特尔笑了,接着他明亮的眼睛又盯着微笑池塘,等待着小鱼。

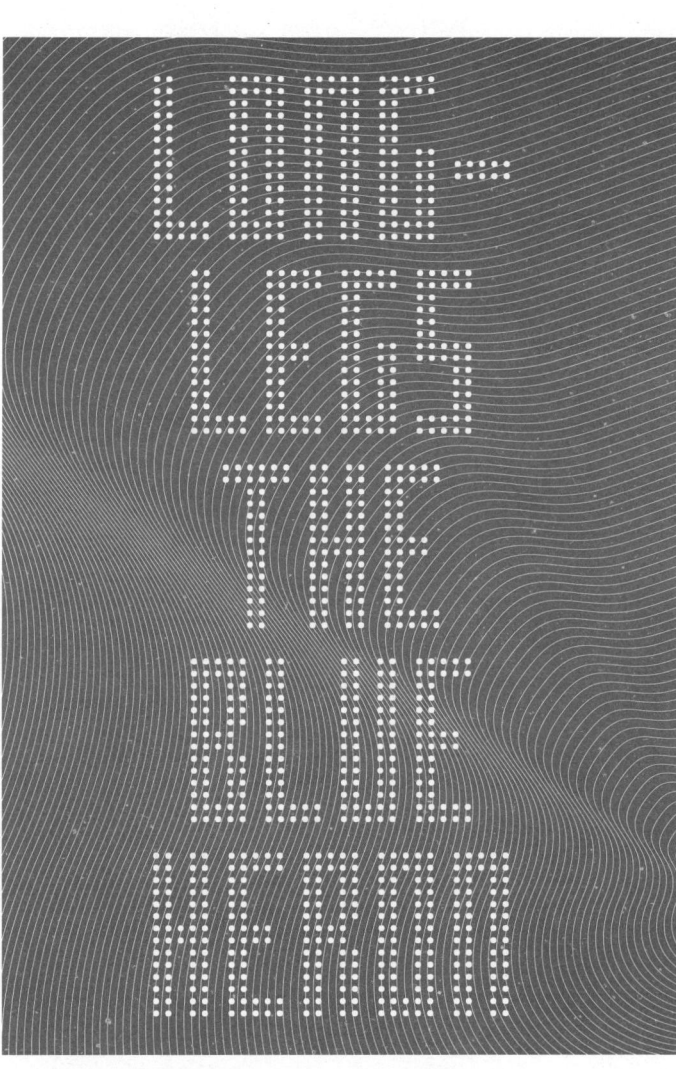

第四章
兔子彼得来到微笑池塘边

不比不知道,
一比吓一跳。

天太热了,连蔷薇丛里也不凉快了。兔子彼得不喜欢水,尽管他曾经希望自己会喜欢。一想起喜欢待在水里的水貂比利、麝鼠杰里、小水獭乔、乌龟斯波特和青蛙老爷爷,嫉妒就爬上了他的心头。

兔子彼得热得上气不接下气地说:"天这么热,却影响不了他们,因为他们泡在水里很凉快。为什么大自然母亲不让我也喜欢水呢?我真的很纳闷儿!天哪,天哪,我长这么大,还从来没遇上过比这更热的天呢。我讨厌这大热天。我都快中暑了。快乐的小微风在哪里?为什么他们不吹走这些烦人的热气呢?"

兔子彼得越来越焦躁不安了。过了一会儿,他很明智地钻进了一个地洞里。这个地洞有些年头了，是土拨鼠约翰尼的爷爷在蔷薇丛里挖的。兔子彼得和太太发现，这个地洞有时妙用无穷。不过，兔子彼得很懒，从来没有修缮过。没有必要的事他才不做呢，譬如修缮这间老房子就没必要。只要它没坍塌，不影响他自由进出，他就别无所求了。

进入地洞，兔子彼得凉快了，他该感到满足了吧？其实他一点儿也不满足，因为他时刻在跟青蛙老爷爷、麝鼠杰里以及微笑池塘里的其他小居民比，觉得他们不用待在地下，舒服地待在水里，而且无论周围发生了什么，都瞒不过他们。这就表明，兔子彼得既不满意自己的现状，又嫉妒别人。

天快黑了，夜色从紫山上蔓延过来，空气中平添了些许凉意。这时，兔子彼得决定去微笑池塘。在那里，看着水面，听着哈哈溪的流水声，他就感到凉快，何况他已经很久没去微笑池塘了。微笑池塘现在是什么情况呢？他很想知道。

于是，兔子彼得蹦跳着去了微笑池塘。快要到达时，他听到了青蛙老爷爷浑厚的声音。青蛙老爷爷正在青蛙合唱团领唱呢，"呱——呱，呱——呱，呱——呱，呱——呱"，谁都能听得出来，炎热的天气没有影响青蛙老爷爷的好心情。

微笑池塘岸边有个东西在动，很快就引起了兔子彼得的注意。他停下脚步，挺直身子朝那边看看。之所以挺直身子，是因为这样能看得更清楚些。只见一只高挑的鸟儿，脖子长长的，腿也长长的，使劲儿往前探着长脖子。兔子彼得知道，他这是在观察呢。然后，他收回了长脖子，很满意自己看到的东西。他就是长腿苍鹭。

兔子彼得刚想动弹，就看见长腿苍鹭小心翼翼地向前迈了一步，继而又站着一动不动了。过了一会儿，长腿苍鹭重复了之前的动作。兔子彼得快失去耐心了，心想:"长腿苍鹭在捕猎。那他的猎物是谁呢?"

长腿苍鹭蹑手蹑脚地向微笑池塘走去,而青蛙老爷爷正在一片睡莲叶子上指挥青蛙合唱团歌唱呢。

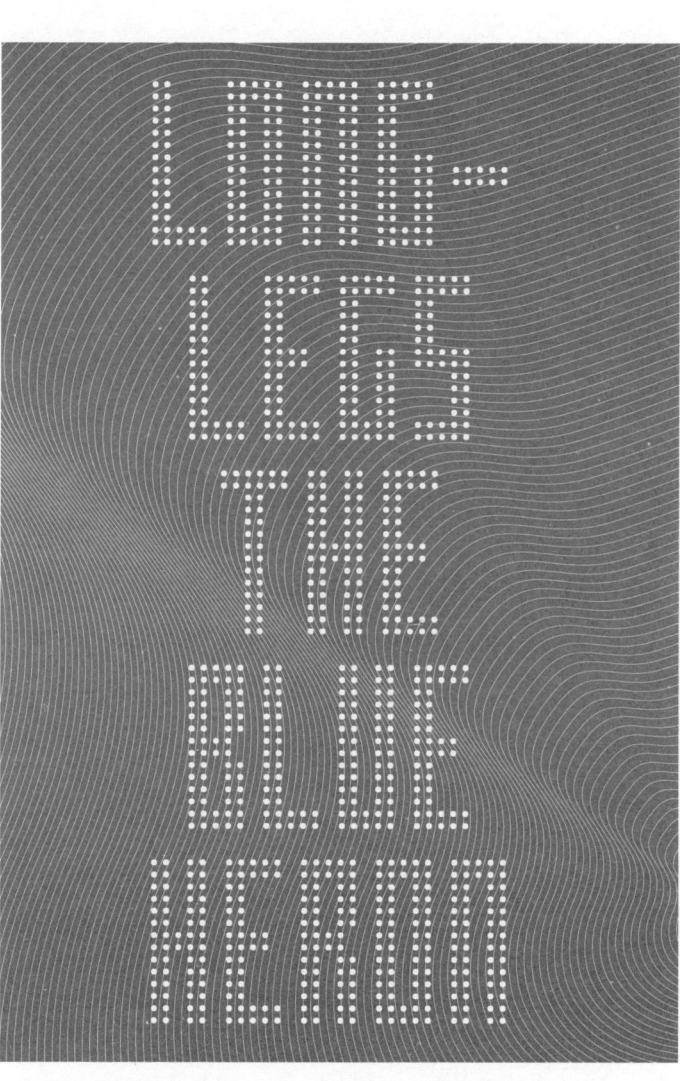

第五章
青蛙老爷爷
快要大难临头了

不知如何是好时,
最好与你的心灵对话。

兔子彼得心想:"长腿苍鹭难不成打算捉青蛙老爷爷?我记得第一次见他时,他就在捕猎。这次他也应该知道,不管他怎么做,都是在浪费时间。也许我猜错了,因为他要抓的可能不是青蛙老爷爷,而是一只小青蛙。我就藏在这儿一探究竟。"

兔子彼得悄悄地往前挪。为了避免弄出声响,他非常小心,肚皮几乎贴到了地上。最后,他来到铺满睡莲叶子的岸边,偷偷地看着那边的情况。长腿苍鹭一心放在捕猎上,并没发现他。

青蛙老爷爷正坐在一片大睡莲叶子上,背对着兔子彼得。很明显,做青蛙合唱团的领唱对他来说是一种享受。"呱——呱——,呱——呱——"青蛙老爷爷继续大声唱着。他太陶醉了,以至于没有察觉到大难就要临头。

接着,兔子彼得发现,青蛙老爷爷并没有坐在平时坐的那片大睡莲叶子上。那片睡莲叶子是他最喜欢的,长在深水区,长腿苍鹭是够不到的。这次他坐在一片靠近岸边的睡莲叶子上,如果长腿苍鹭刚好在他后面,一定能捉到他。

长腿苍鹭步步靠近青蛙老爷爷了。他小心极了,没有发出一点儿声响。他紧盯着青蛙老爷爷,而青蛙老爷爷什么都没察觉。当青蛙老爷爷停止歌唱时,长腿苍鹭就静止不动;当青蛙老爷爷又开始唱歌时,长腿苍鹭就缓慢地、小心翼翼地向前挪动。

兔子彼得应该怎么做呢?他是不是应该提醒青蛙老爷爷呢?他懂得大自然母亲制定的法则,长腿苍鹭可以捕食青蛙,而青蛙应该靠自己保命。如果长腿苍鹭能抓住青蛙老爷爷，他就有权利吃掉，因为青蛙是他的食物。长腿苍鹭与其他动物一样，也有平等的生存权，而如果没有鱼和青蛙，他会饿死的。

也许，青蛙老爷爷已经看到了长腿苍鹭，只不过他想在最后一刻才逃，或者他根本没看到，否则他早就逃了。如果兔子彼得提醒青蛙老爷爷，肯定会激怒长腿苍鹭，但他不想跟长腿苍鹭吵架。于是，兔子彼得想，"走为上策"，留下青蛙老爷爷和长腿苍鹭在那儿，就好像他什么也没看到。这样一来，就算发生了什么祸事，那也与他无关。

可是，真的要这么做吗？他明明是可以阻止祸事发生的。最后，他还是留了下来。就在他不知如何是好时，长腿苍鹭离青蛙老爷爷越来越近了，而青蛙老爷爷也唱得更响亮了。

"呱——呱，呱——呱！呱——呱，呱——呱！"青蛙老爷爷唱着。

"我该怎么办？我该怎么办，我该怎么办呀？"兔子彼得一遍又一遍地问自己。

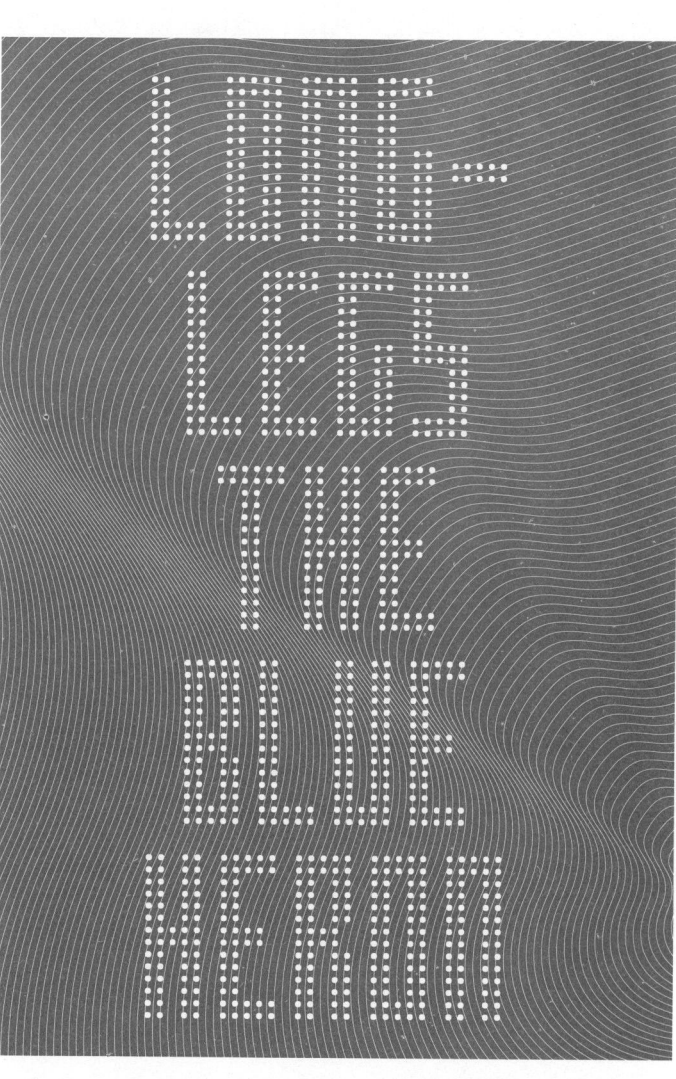

第六章
兔子彼得到底做了什么

助人为乐,
永不后悔。

长腿苍鹭离青蛙老爷爷越来越近了，而青蛙老爷爷还在那片靠近岸边的睡莲叶子上坐着，带领青蛙们唱着"呱——呱，呱——呱"，就好像这个世界从来没有什么危险似的。青蛙老爷爷一定觉得自己是在引吭高歌，但在兔子彼得听来却是粗哑的叫喊。然而，此时此刻，无论青蛙老爷爷是在唱歌，还是在叫喊，他都沉浸其中，忘乎所以了。

　　兔子彼得多么希望青蛙老爷爷能转过头来发现长腿苍鹭啊。可是，就算青蛙老爷爷停下时，也只是去听听微笑池塘周围其他青蛙的叫声。没有一只青蛙拥有像他那样深沉、洪亮的嗓音，所以他骄傲极了。兔子彼得不禁想，要是青蛙老爷爷不对自己的歌喉那么骄傲，而是更多地关注自己的安全，那该多好啊。

　　长腿苍鹭的眼里流露出饥饿的光芒。青蛙老爷爷这么胖，他要是吃了青蛙老爷爷，肯定是饱餐一顿，今天晚上就不用再吃别的东西了。现在，他只要再向前挪几步，就能用他那尖利的喙捕食了。其实，除了吃顿饱饭，他还会了结一桩宿怨。原来，三年以来，长腿苍鹭做梦都想抓住青蛙老爷爷，但他从未得手，因为青蛙老爷爷非常机灵。此外，青蛙老爷爷还多次帮助其他青蛙逃命，坏了他的捕食行动。

　　兔子彼得自言自语道："青蛙老爷爷今天到底怎么了？他一定是老了，脑子笨了，所以才这么大意，竟然坐在离岸边这么近的地方。长腿苍鹭现在再走两步，就可以出击了。我不愿坏了长腿苍鹭的好事，但我真不敢想象微笑池塘里如果没了青蛙老爷爷会是什么样子。我还盼着，每天夜晚在亲爱的蔷薇丛里，都能听到青蛙老爷爷歌唱呢。真笨！青蛙老爷爷为什么不转过身来，发现那个长腿的捕猎者呢？"

当然，兔子彼得的心意青蛙老爷爷是不知道的，因为他只是轻声地自言自语，所以青蛙老爷爷听不见，自然也不会转过身来。这时，长腿苍鹭又往前挪了一步，头向后倾，已经准备出击了。兔子彼得心里明白，长腿苍鹭一旦出击，他的长脖子就快如闪电，如果青蛙老爷爷没有及时跳入水中，那么就会一命呜呼。

"呱——呱！呱——呱！"青蛙老爷爷唱着。"呱——"青蛙老爷爷刚唱了一半，兔子彼得见长腿苍鹭马上要出击，再也顾不上什么了，赶紧使出浑身的力气去撞地，弄出很大的声响，一下子惊动了青蛙老爷爷。青蛙老爷爷"呱——呱"只唱了一半就跳入了水中，甚至都没有看一眼是什么吓到了他。他小时候就懂得，遇到危险时最好立刻跳进池塘，藏在底部的淤泥中，等性命保住了，再去弄明白危险是什么。

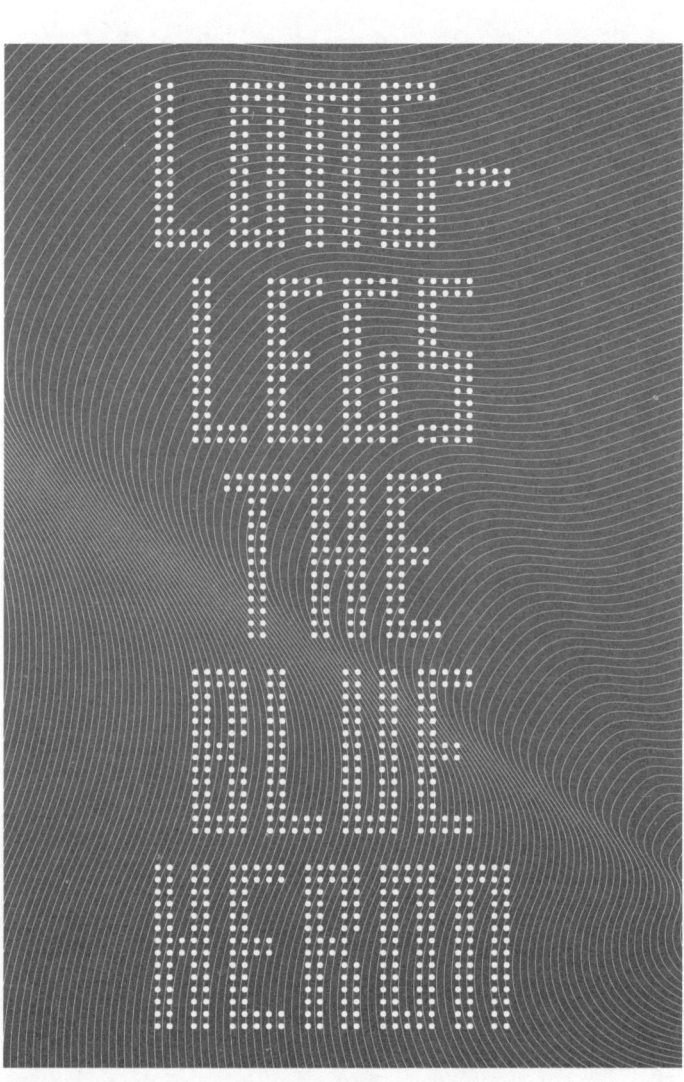

第七章
青蛙老爷爷现在行事谨慎了

不乱发脾气,
才能控制住局面。

当微笑池塘旁边的兔子彼得在青蛙老爷爷身后弄出很大的声响后,转机立刻出现了。青蛙老爷爷迅速跳入水中,溅起了巨大的水花,然后藏到了池塘底部的淤泥中,那里的水很深。长腿苍鹭快速向前迈了一步,伸出了脖子。不过,他的脖子还是伸得慢了些,因为青蛙老爷爷刚才坐着的那片睡莲叶子上已是空空如也。

这可激怒了长腿苍鹭。其实,难怪长腿苍鹭会这么生气,因为他眼看着就要抓住青蛙老爷爷了,结果不光没有抓到,还被青蛙老爷爷跳入水中时溅起的水花弄湿了脸。晚餐已经到嘴边却没有吃到,谁都会动怒。长腿苍鹭迅速回过头来,他看到兔子彼得坐在岸边。兔子彼得正为青蛙老爷爷及时逃走而高兴得手舞足蹈。

长腿苍鹭立刻就意识到是谁吓跑了青蛙老爷爷。他一边尖叫,一边追兔子彼得。他的眼里充满愤怒,表情狰狞。他的腿很长,能轻易做到想提速就提速。这时,他不仅加快速度,而且张开了翅膀,所以很快来到了地面上。

兔子彼得太惊讶了,向后摔了过去。不过,幸运的是,这一摔刚好救了他。因为他恰好躲过了长腿苍鹭的尖嘴巴。兔子彼得爬起来,发挥自己的脚上功夫,一蹦一跳地跑开了,一边跑一边躲闪。长腿苍鹭半张着翅膀,追赶着兔子彼得,生气地尖叫。不一会儿,兔子彼得就躲开了长腿苍鹭。接着,他用自己的长腿迅速地逃跑了。只有兔子彼得能达到这样的速度。

长腿苍鹭只好放弃了。有那么一会儿,他愤怒得跳来跳去。"我会让你为此付出代价的，兔子彼得！总有一天我会让你付出代价。"他吼叫着，声音一点儿都不好听。他知道，再在这里狩猎也是白费功夫。于是，他张开翅膀，伸直双腿，将脖子埋进双肩，穿过格林牧场，向大河飞去。

兔子彼得如释重负，自言自语道："哎呀，我的天哪，我的老天爷呀，可吓死我啦，我可不会为什么事发这么大的脾气。不过，这也不能怪长腿苍鹭，因为快到手的食物没了，换了谁都会生气。但救了青蛙老爷爷我很高兴。现在返回微笑池塘应该很安全，看一下那个老伙计怎么样了。长腿苍鹭不属于微笑池塘，属于大河。如果他待在该待的地方，他就不会发脾气，我也不会成为他的敌人。但要他原谅我，估计要等好长时间了。"

兔子彼得叹了口气。然后，他向微笑池塘走去。当他到达微笑池塘的时候，发现青蛙老爷爷并没有坐在睡莲叶子上。兔子彼得四处找寻,终于在深水区看到一个绿油油的脑袋,上面有两只瞪着的大眼睛。没错,那就是青蛙老爷爷。

　　兔子彼得咯咯地笑着。"青蛙老爷爷现在行事谨慎了。"他心想。

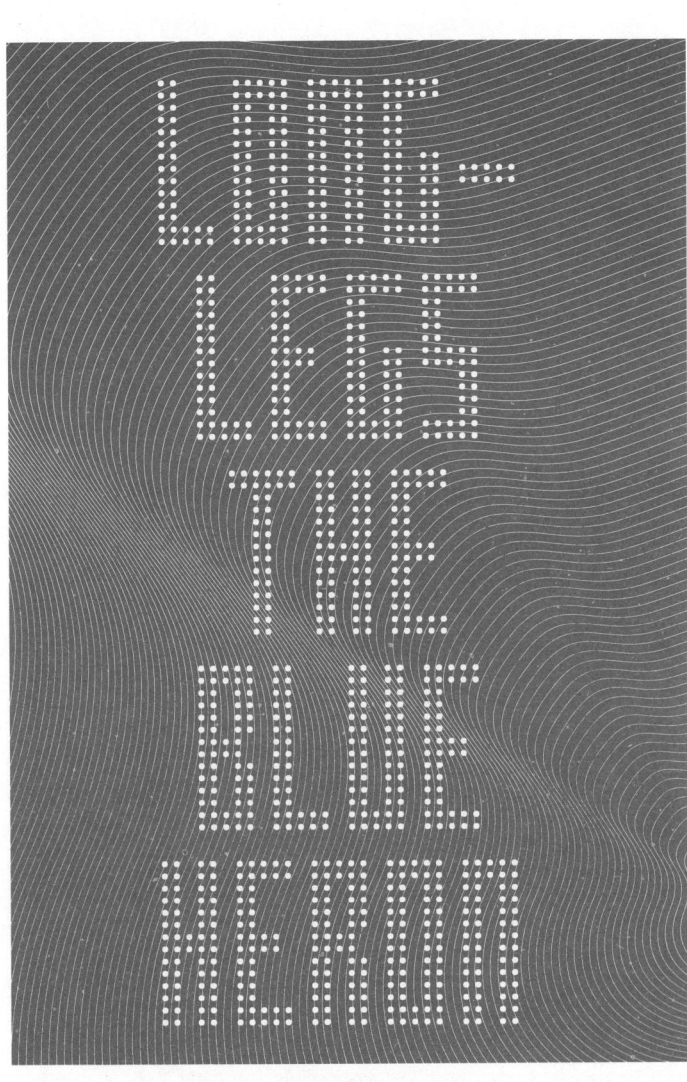

第八章
青蛙老爷爷误会了兔子彼得

认定是事实,
方可说出口。

兔子彼得来到微笑池塘的时候,青蛙老爷爷刚从微笑池塘底下的淤泥里钻出来。当然,这时长腿苍鹭已经不在这里,朝大河飞去了。青蛙老爷爷看到兔子彼得后,立刻就明白刚才是什么吓到了他。当他坐在睡莲叶子上指挥青蛙合唱团的时候,应该是兔子彼得在重击地面。接着,青蛙老爷爷犯了个错误——他怀疑兔子彼得刚才偷偷地溜过来,是故意开玩笑吓唬他呢。

青蛙老爷爷年纪大了,阅历丰富,非常精明。可就是这样一个老人,竟然难以控制自己的脾气。事实上,他的性子有点儿急,脾气也不好。他怒视着兔子彼得，然后游到离兔子彼得最近、可以支撑自己整个身子的一片睡莲叶子旁边，爬了上去。

青蛙老爷爷突出来的大眼睛愤怒地眨动着，生气地将自己黄白相间的马甲鼓了起来。他看起来一副气鼓鼓的、随时要爆炸的样子。总之，他就是这样看着兔子彼得。兔子彼得不知如何是好。他刚想祝贺青蛙老爷爷脱离危险，但看到青蛙老爷爷凶神恶煞的样子，吓得都忘了该说什么了。

"呱——呱！"青蛙老爷爷喊叫着，"呱——呱！我想，你是不是觉得偷偷地溜到你的长辈后面，把他吓一跳，特别有意思？我想刚才是你在捉弄我吧。"

兔子彼得惊得长耳朵直竖在半空中，说："哎呀……青蛙老爷爷……"

可是，青蛙老爷爷并没有听，甚至都没注意到兔子彼得在说话。他那洪亮的、低沉的、愤怒的声音完全盖过了兔子彼得的声音。"呱——呱！我该让你知道，这样的事情一点儿都不好玩儿。凡是对别人心存一点儿尊敬的人，或者是有点儿头脑的人都不会这么做的。我之前对你这粗心的家伙的期望可能是有些高了。你这个无知的家伙，一点儿都不会为别人考虑。"

兔子彼得突然使劲儿跺起脚来，只有这样才能让青蛙老爷爷注意到他。而这时他也开始生气了。青蛙老爷爷没再说话，只是盯着兔子彼得。

"这就是我救了你一命后，你对我说的话！"兔子彼得喊道，"你说我无知，那好，下次我再见到你有危险，你就好自为之吧！如果我和你一样有双大眼睛，却看不清楚，那我想这双眼睛该退休了。"

"什么？你……你……你说什么？"青蛙老爷爷问道，"谁救了我？你在说什么呀，兔子彼得。"

"如果我没有吓得你跳到水里去，你现在就不会在这儿了。"兔子彼得讥讽道。

"那我会在哪儿呢？"青蛙老爷爷追问。

"就在大河岸边,在长腿苍鹭的肚子里!"兔子彼得回答。

青蛙老爷爷紧紧地盯着兔子彼得。

"我不相信。"他生硬地说道。

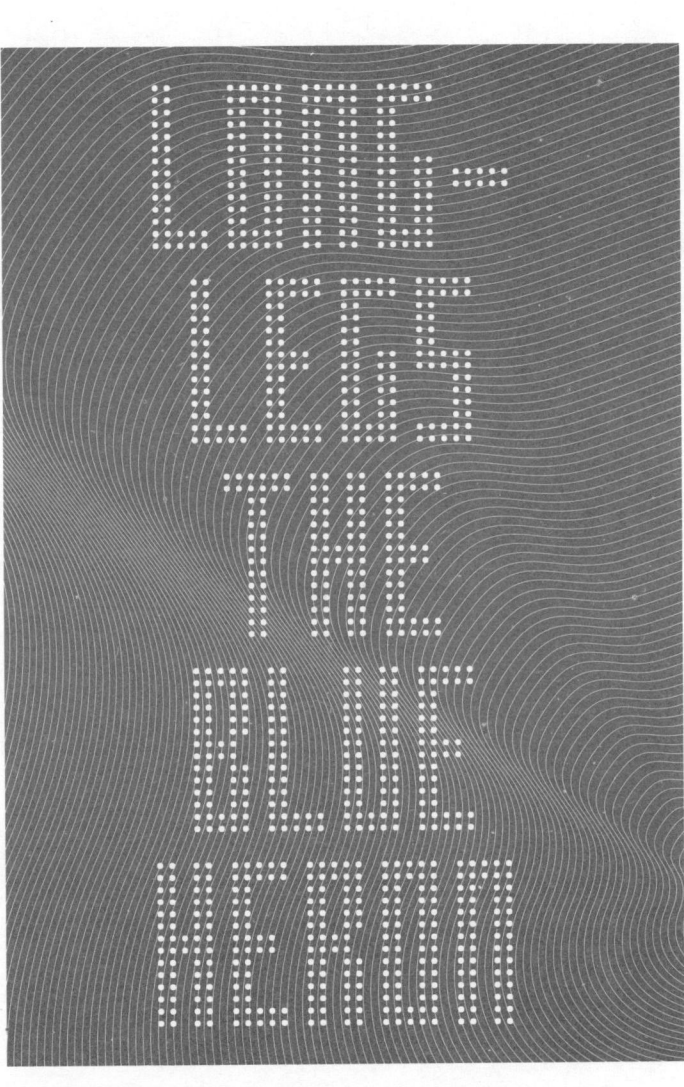

第九章
青蛙老爷爷
向兔子彼得道歉

知错能改,
保持虚怀。

被青蛙老爷爷误会后，兔子彼得也不知道自己是该笑还是该生气。青蛙老爷爷根本不相信刚才长腿苍鹭要捉他的事。不过，兔子彼得还是明智地笑了笑。

"你不相信，我也不怪你，"兔子彼得说，"但有一点是真的，你逃脱了长腿苍鹭的魔爪，这就够了。如果你等一等再下结论，看我那么重的一击究竟是为了什么，你就会知道长腿苍鹭已经在这儿等了多久了。"

青蛙老爷爷冷冷地说道："长腿苍鹭今天压根儿没来这里。"

兔子彼得反驳道："哦，是吗？可他确实来了。

刚才他就在这里，就站在你身后，而你忙着领唱，忘记了周围的一切。如果你像往常一样，在深水区的睡莲叶子上，那你肯定会安然无事的。可我不知道你是怎么想的，坐得离岸边这么近！要不是我吓了你一跳，你就被长腿苍鹭捉去了。"

兔子彼得能看得出来，青蛙老爷爷还是不相信他的话。他看了看面前的泥土，眼睛忽然就亮了。

"到这儿来，青蛙老爷爷，我会证明我说的话都是真的。"他说道。

青蛙老爷爷犹豫着，但他也不好拒绝，所以，他游向兔子彼得蹲着的那个地方。

"看这儿！"兔子彼得指着泥里的脚印大叫。

青蛙老爷爷看了一眼，他的脸上露出很滑稽的表情。泥里的脚印正是长腿苍鹭留下的。他甚至可以看到，当兔子彼得发出那声巨响时，长腿苍鹭所站的位置。青蛙老爷爷吞咽了几下口水，眨了几次鼓鼓的大眼睛。接着,他开始说话了,声音也没有之前那么粗鲁了。他很羞愧,感觉非常难为情。

"兔子彼得,我希望你忘掉刚才我说的话,就像我没说一样,"他说,"我想我是老了,不中用了。我现在才明白,是你救了我的命,我很感激你。我不会忘记你的救命之恩。或许有一天我能为你做些什么。你看,我这么快就跳到水里去了,都没看见长腿苍鹭。我在水里待了那么久,等我上来的时候他已经走了,而这里除了你没有别人。于是,我草率地下了结论,这很糟糕,非常糟糕。你不要像我一样,千万不要。我再也不会这样了。"

兔子彼得说道:"我没有怪你,如果我是你,可能也会这样想。不过,哎呀,我的天哪!长腿苍鹭可生我的气了,他在格林牧场上拼命地追我。他哪天要是抓到我,非杀了我不可。"

青蛙老爷爷说道:"是呀,是呀,长腿苍鹭是个危险的家伙，当他生气的时候，你必须远离他。他爱记仇，不轻易原谅别人。我不会忘记你。你为我所做的这一切，我不知道该如何回报，可总有一天我会报答你的。现在，请你原谅，我要继续领唱了。如果我的家人没有听见我的声音，他们会为我担心的。呱——呱！呱——呱！呱——呱！"

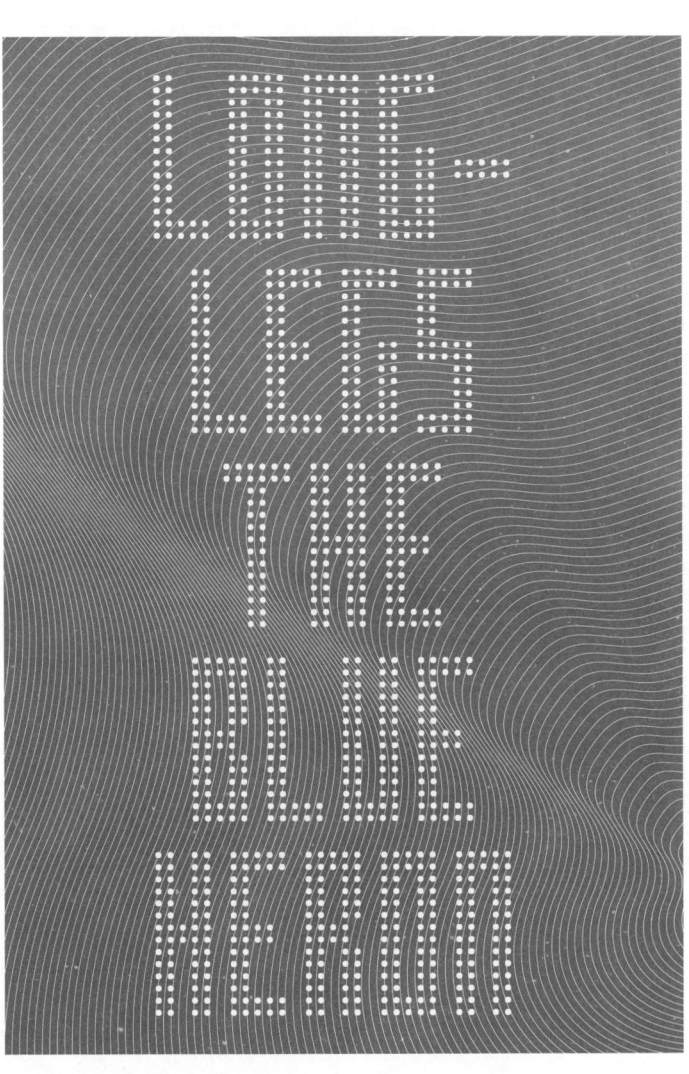

第十章
快乐的小微风的悄悄话

以德报怨,
最是好心肠。

很长一段时间以来,兔子彼得就坐在微笑池塘的岸边,看着青蛙老爷爷担任青蛙合唱团的领唱。兔子彼得之所以来到这里,是因为这里比蔷薇丛凉快。不料,他激怒了长腿苍鹭。长腿苍鹭猛追他,他不得不拼命奔跑,左闪右躲。现在,他终于能安静地坐在这里了,但他仍然感觉很热。当看着河水时,他似乎凉爽了些。这时,快乐的小微风发现了燥热难耐的兔子彼得。他们轮流吹向他,兔子彼得凉快够了,在水中嬉戏的青蛙老爷爷再也不使他眼热了。

最后,西风妈妈要把快乐的小微风收回风袋,好带他们回紫山后面的家。兔子彼得知道他们必须要走,但还是不想让他们离开。

"哈哈溪汇入大河前流经一块湿地。湿地边上发生了意外。"快乐的小微风冲兔子彼得的一只长耳朵低语道。

兔子彼得听完,两只长耳朵竖了起来。

"什么意外?"他问道。

快乐的小微风小声说道:"嘘,小点儿声,我不想让其他人知道,尤其不想让那些别有用心的人知道,否则可能会发生可怕的事。这是个秘密,我本不该告诉你的。"

兔子彼得急忙压低声音说道:"我向你保证,我会保密的。到底发生了什么事情呢?"

快乐的小微风回答道:"长腿苍鹭的一个孩子遇上麻烦了。如果水貂比利、狐狸雷迪或老郊狼刚好经过那里,恐怕长腿苍鹭的孩子就完了。我帮不了他,但或许你可以。我知道你不会伤害他。我得走了,否则西风妈妈的那个大口袋就把我落下了,我可不想整晚都在外面游荡。再见了,兔子彼得。"

快乐的小微风走了。兔子彼得坐起来,眺望着哈哈溪汇入大河流经的那块湿地,自言自语道:"会发生什么事呢?如果不是长腿苍鹭的孩子,我会立刻赶到那里,看看能帮上什么忙。现在我可不愿意为长腿苍鹭做任何事。如果他抓到我,我会立刻丧命的。去帮他的孩子岂不是去找死吗?他的孩子有危险,我应该高兴才对。是的,没错,我应该高兴。"

不过,这可不是兔子彼得的真心话,他只是试图说服自己罢了。如果长腿苍鹭的孩子真遭遇不测,他是高兴不起来的。他太善良了,甚至不愿自己的天敌受到伤害,何况这次遇到麻烦的不是长腿苍鹭,而是他的孩子。虽然兔子彼得很想忘掉这件事,但他却做不到。不知不觉,他已经开始琢磨怎样去帮助那只小苍鹭了。

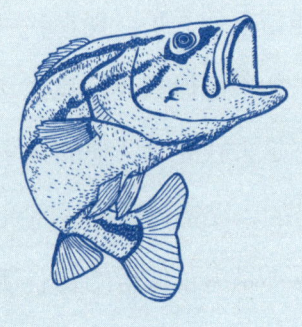

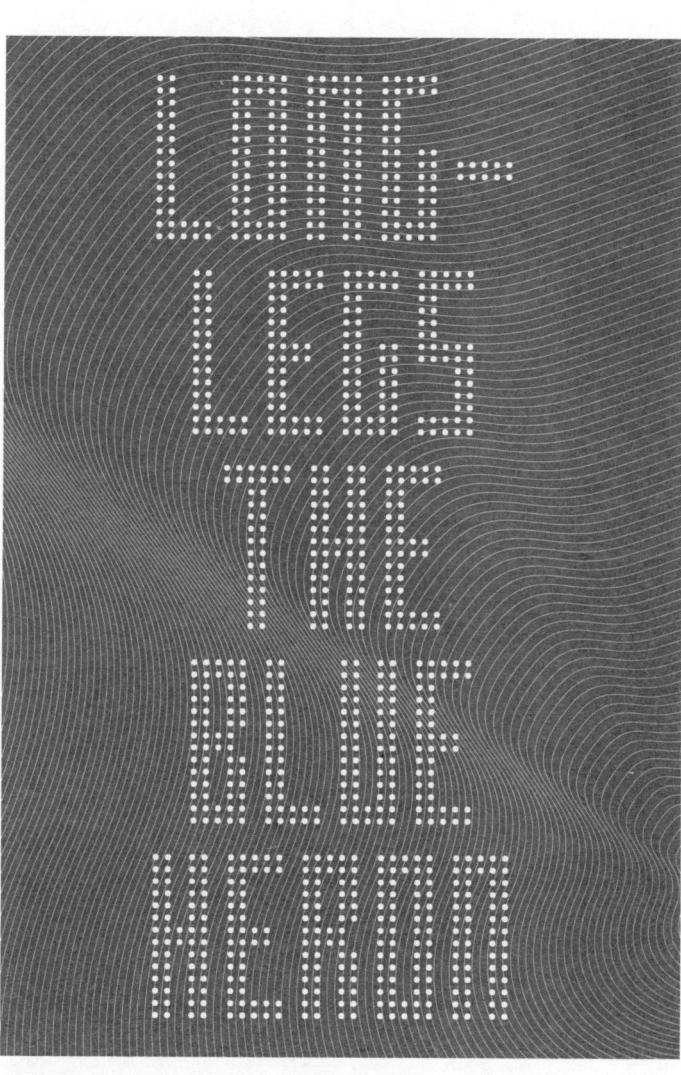

第十一章
兔子彼得找到了小苍鹭

朋友有难帮一把,
友谊天长又地久。

兔子彼得越来越惦记那只陷入危险境地的小长腿苍鹭了。最后，他觉得自己应该过去一趟，看看能帮小长腿苍鹭做些什么。突然，他想起来了，他竟然忘记问快乐的小微风到底发生了什么意外。

"傻瓜，傻瓜，大傻瓜，"兔子彼得自言自语道，"快乐的小微风在的时候，为什么不问清楚呢？不管我怎么想，我都想不到小苍鹭会发生什么意外。"

兔子彼得的好奇心就这样被勾了起来。他觉得，无论能不能帮上忙，他都要找到那只小苍鹭。他一定要知道，到底发生了什么。好奇心驱使他反复思量：到底是什么意外呢？意外是怎么发生的呢？快乐的小微风说，如果被别有用心的人听去了，也许会发生可怕的事情，他说这话是什么意思呢？兔子彼得必须搞清楚。

天快要黑了。如果走快点儿，在天黑前他就能到达那块湿地。于是，兔子彼得立刻跳起来出发了。他一蹦一跳地往前跑，能跑多快就跑多快。他已然忘记了天气的炎热。他沿着哈哈溪，直奔大河附近的那块湿地。

"让我想想，快乐的小微风说，那只小苍鹭是在湿地的边上遇到了意外，但他没说到底是哪边，而我也忘了问，"兔子彼得一边跑一边想，"如果是在靠近大河的那一边，那我今晚就找不到他了。因为还不等我赶到，天就黑了。现在我只能到大河这边湿地寻找了。如果找不到他，我只能等到明天再去另一边看看了。"

最后，兔子彼得沿着哈哈溪，来到了湿地边上。

他不再奔跑了，脚步放慢了，小心前进。每走几步，他都会挺直身子，仔细地看一看四周，听一听动静。虽然那只小苍鹭有可能在树上，但兔子彼得确信他不在树上，因为快乐的小微风说狐狸雷迪和老郊狼有可能经过那里，从而伤害小苍鹭。这就表明，小苍鹭肯定在他们能够得着的地方，而如果他待在树上，他们是够不到的。

兔子彼得在茂密的灌木丛中蹑手蹑脚地走，这样别人就发现不了他。就在他从灌木丛底向外偷偷地看时，刚好看见一只大鸟飞过哈哈溪上的一个拐弯处，落了下来。兔子彼得当然知道她是谁了。她是小长腿苍鹭的妈妈长腿苍鹭夫人。接着，兔子彼得听到了熟悉的声音，那是正在吃食的小苍鹭发出的声音。循着这个声音，他的寻找就变得轻松了，也许绕过哈哈溪的小拐角，他就会找到那只遇到意外的小苍鹭。

他担心碰到草木发出声音，所以向前爬时很慢、很小心。一旦弄出声响，长腿苍鹭夫人就会发现他，他可不想这种事发生，和长腿苍鹭有过一次交锋，已经足够了。长腿苍鹭夫人可能会更厉害，她那尖利的长喙以及强壮的翅膀令兔子彼得胆战心惊。因此，他岂能不多加小心！最后，他来到一个很隐蔽却可以看到外界的地方，只见小苍鹭正站在哈哈溪的边上。

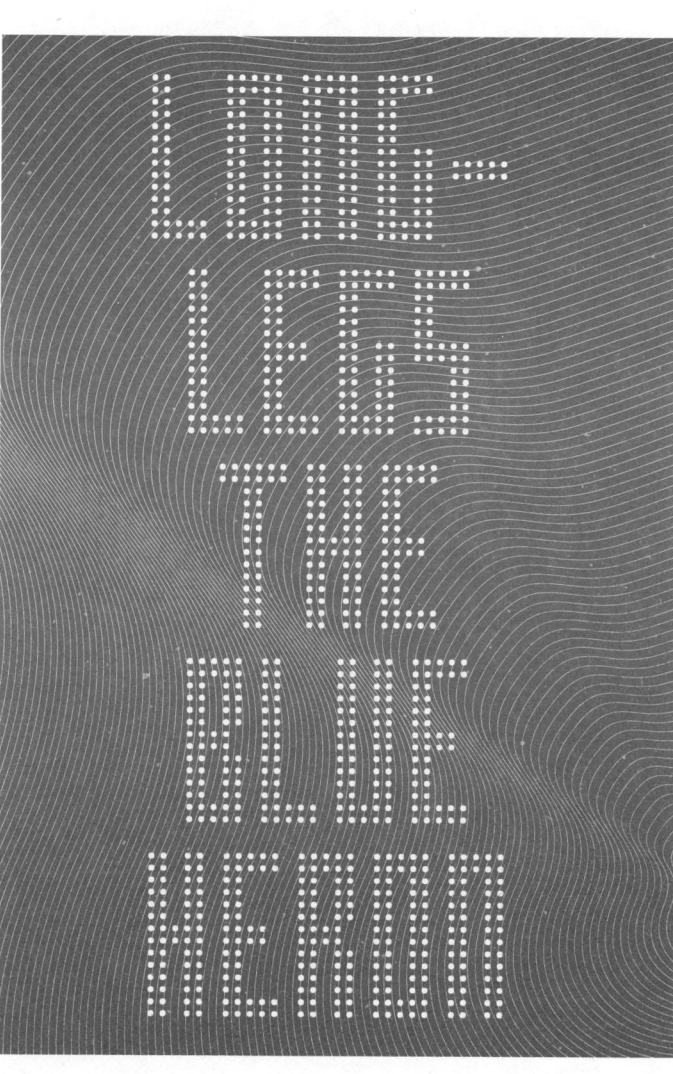

第十二章
残忍的捕兽夹

多多思考,
少办错事。

兔子彼得很困惑,简直从来没有这么困惑过。在哈哈溪边上的水里站着的小苍鹭,正是他想要寻找的那只。不过,兔子彼得没有想到,那是一只身体健壮的小苍鹭。事实上,他的身体几乎和他的妈妈一样大。看他第一眼的时候,兔子彼得感觉他很正常,没什么异样。

然而,兔子彼得相信肯定有问题。因为他的妈妈长腿苍鹭夫人刚刚喂过他,而他这个年纪的小苍鹭完全可以自己捕食了,除非出现特殊情况,否则他的妈妈是不会照顾他的。兔子彼得仍旧藏在茂密的灌木底下,一边观察,一边寻思。他越来越好奇了,那只小苍鹭到底有什么问题呢？到底是怎么回事呢？

很快，小苍鹭的妈妈挥动起巨大的翅膀，长长的腿拖在身体后面，就像一条尾巴一样。她长长的脖子收向后面，这样一来，她的头就能靠在肩膀上了。最后，她消失在大河那个方向的上空。现在就剩下孤孤单单的小苍鹭了，他看起来很不开心。他耷拉着脑袋，样子惨兮兮的，看着真叫人心疼。妈妈走后不久，小苍鹭的一只脚往前挪了一步，接着试着挪另一只脚，但这只脚根本迈不出去，好像被水里什么东西紧紧地箍着似的。水下的情况兔子彼得看不到。

要不是那双大翅膀维持平衡，小苍鹭恐怕就跌倒了。他疯狂地扇动着翅膀才勉强保持了平衡。然后，他转过头来，使劲儿啄着水里的某个东西。可是，没过一会儿他就放弃了。当他抬头望着妈妈消失的方向时，他的眼里夹杂着希望、恐惧和痛苦。

兔子彼得从藏身的地方跳了出来。小苍鹭一听到声响立即把脸转了过来,他头上和脖子上的羽毛也马上竖了起来,他的眼睛冒着火,并伸出一只翅膀放在面前保护自己。很明显,如果有必要,小苍鹭会为了活命而战斗。

兔子彼得突然停了下来,他可不想离那利刃般的鸟喙太近。

"不要害怕,是我。"兔子彼得温柔地说。

"你是谁?"小苍鹭嘶嘶地说,看起来很有攻击性。

"我是兔子彼得,"兔子彼得回答道,"你一点儿都不用怕我。我……我听说你发生了意外,所以来到这里,想看看能为你做些什么。到底是怎么回事?"

小苍鹭看起来放松了一些,但他仍然充满戒备和怀疑。他刚出来闯世界,还不知道谁值得信赖,又得时刻提防谁。

"我的一只脚被夹住了。"

"我看到了。"兔子彼得说,"不过,是什么夹住了你的脚呢?"

小苍鹭回答道:"我不知道。我在水边走的时候,淤泥里突然冒出一个东西,夹住了我的一只脚。刚夹住时脚疼得厉害,到现在还疼着呢。为了弄走这个东西,我都快把自己的喙啄断了,但它动都不动。也许你知道那是什么东西。"

他慢慢地抬起被夹在水里的脚。兔子彼得瞥了一眼,立刻明白了事情的原委。原来有人在水里放了一个捕兽夹,应该是用来捕捉水貂比利的。可是,在狩猎季节结束后,那个人忘记取走了。小苍鹭踩在了上面,被夹口紧紧地夹住了。

第十三章
好人与恶人

大错已经铸成,
道歉有多大作用?

兔子彼得看到小苍鹭的脚被捕兽夹夹住时，马上忘记了他正在生小苍鹭的爸爸的气。他心生怜悯，因为他了解捕兽夹，他知道被夹住有多疼。

小苍鹭问道："那……那是什么？"

"捕兽夹！"兔子彼得立刻回答道，这次他没有因为自己知道得多而高兴。

小苍鹭追问道："捕……捕兽夹到底是什么？它……它会把我吃掉吗？"

要不是小苍鹭那颤抖的声音和眼眶里闪烁的泪光，我猜兔子彼得听后会哈哈大笑。然而，他没有笑，脸上一丝笑容都没有。

兔子彼得说道:"捕兽夹不是活的!"

"它是活的!"小苍鹭立刻反驳道,"它从泥土里跳了出来,而且还抓住了我的脚,死死地抓住不放开。它当然是活的。"

兔子彼得摇了摇头,说:"不,它不是活的,它是被人类放在那里的。人类是一种长着两条腿的动物。当你看到人类时,你认识他们吗?"

小苍鹭点点头,说:"我妈妈曾经指给我看过一个。她告诫我要远离他们。妈妈说他们是世界上最可怕、最危险的动物。即使他们离我们很远,他们依然可以杀掉我们。虽然我不太理解妈妈的话,但她强调这是事实。"

兔子彼得说道:"你妈妈说得对。我心里明镜似的,因为人类不止一次想杀害我。他们是一种奇怪的动物,有些人不错,我们不用怕他们,但大多数作恶多端,并且不会因为残害我们而羞愧。设捕兽夹的人就是那类人。捕兽夹就是夹住你脚的那个东西。它是坏人做的,是他们把它藏在土里的。如果有动物像你刚才那样,不小心踩到了捕兽夹,就会被困住,然后坏人就会过来杀掉他。坏人都是铁石心肠,根本不关心被困的动物遭了什么罪。不过,往年这个时候,我还从没见过捕兽夹。通常到了晚秋,鸟儿去了南国后,坏人们才设好捕兽夹,春天,鸟儿回来时,再拿走捕兽夹。不管怎么说,我从没听说过专为一只鸟儿而设的捕兽夹。"困惑不解的兔子彼得皱起了眉头。

最后,兔子彼得的眉头舒展开来。"我知道啦!"他说,"这个捕兽夹一定是去年春天,有人为捉水貂比利而设的。后来,设捕兽夹的人忘了。这个捕兽夹不是针对你的,你只是碰巧踩到了而已。哎呀,这太可怕了!设捕兽夹的人根本不会来了。"

小苍鹭大声说道:"我希望他不会来!如果我看到那种可怕的、两条腿的动物过来,我会吓死的。"

兔子彼得说道:"如果没有人类发现你,你最终难逃一死。也许会有人类把你放走的,并不是所有的人类都那么可怕。如果农夫布朗的儿子知道这件事,他会把你放走。"

小苍鹭疑惑地问道:"农夫布朗的儿子是谁?"

兔子彼得回答道:"他虽然是那些两条腿的动物中的一员,但他是世界上最好的人。"

小苍鹭问道:"那这是他设的捕兽夹吗?"

兔子彼得使劲儿摇着头,说:"不是的!农夫布朗的儿子从来不设捕兽夹,而且他不允许任何人在这附近设捕兽夹。农夫布朗的儿子绝对不是坏人。"

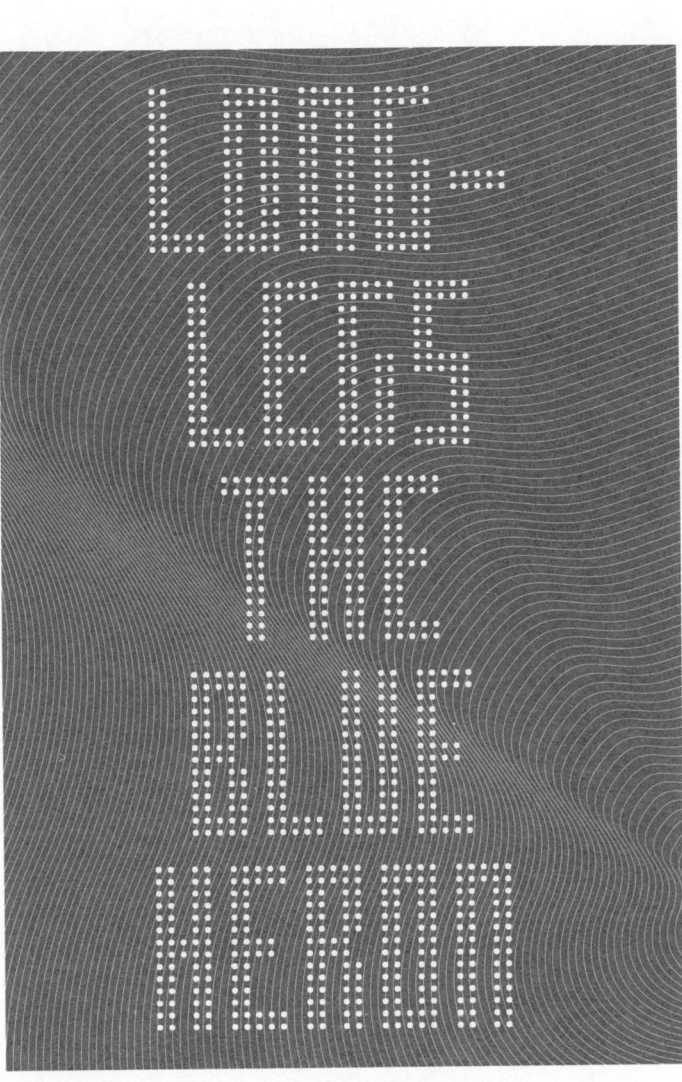

第十四章
守护小苍鹭

守望相助,
真情毕现;
抛弃朋友,
如同犯罪。

夜幕迅速漫过小苍鹭被困的那块湿地。小苍鹭的妈妈长腿苍鹭夫人回来了。她给小苍鹭带回一只青蛙。她也只能做这么多了，然后她就去附近睡觉了。

长腿苍鹭夫人来到时，兔子彼得偷偷地溜回了灌木中间。他一直躲在那里看着，最后天完全黑了，再也看不到小苍鹭和他的妈妈了。虽然兔子彼得知道自己力不从心，但他依然不忍心就那么离去。

"夜里，小苍鹭应该不会遇到什么危险。"兔子彼得自言自语道。接着，他想起了水貂比利。水貂比利很可能会经过这里，那事情就糟糕了，因为他喜欢吃小苍鹭。

"长腿苍鹭夫人肯定有法子对付水貂比利。"兔子彼得心想。这样一想,他就感觉好些了。

这时,兔子彼得想到,夜里,狐狸雷迪可能会过来,老郊狼也有可能碰巧经过。想着想着,兔子彼得不寒而栗。因为狐狸雷迪或老郊狼都比小苍鹭的妈妈要厉害,甚至杀掉长腿苍鹭夫人都不在话下。他们母子二人真令人担心啊!

"如果他们来了,我也做不了什么,"兔子彼得嘀咕着,"我很抱歉,虽然我很想为他们做些什么,但我无能为力。我在这里游荡,根本帮不上什么忙,只是浪费时间罢了。我想我现在应该回蔷薇丛,明天再来,看看会发生什么。"

于是,兔子彼得沿着哈哈溪向微笑池塘走去。他打算经微笑池塘回亲爱的蔷薇丛。离开小苍鹭所在的那块湿地后,他抬头看了看天,发现天上的星星正友好地冲他眨眼睛。

兔子彼得蹦跳着继续前行,但刚走了一小段路,就停了下来。他挺直身子，回头看了看小苍鹭所在的那块湿地。虽然星光点点，但漆黑一片，他什么都看不到。兔子彼得继续前进，不一会儿又停了下来。就这样，反复几次后，他决定返回那块湿地。

"我真傻，我真是太傻了，"兔子彼得一遍遍地自言自语道，"我帮不上什么忙，回去根本没用。我又不能战斗，还很可能给自己惹上麻烦。我最好还是管好自己，不要多管闲事了。没有人会感谢我。真不知道我回去是为了什么。我猜，这都是因为我是只傻兔子。"

说着，兔子彼得继续向那块湿地走去，他心里清楚回去是为了什么——他不能容忍自己见死不救。尽管帮不上忙，但至少可以一直守护，就像天上的星星守护着自己一样。因此，兔子彼得爬回了之前在灌木中的藏身处，不停地祈祷。事实证明，他选择守在那里是正确的。

第十五章
狐狸雷迪突然出现

最勇敢的人是那些
虽然自己也害怕,
但还是会伸出援手的人。

兔子彼得在那块湿地待了一晚上，什么事情也没有发生。这时，夜幕迅速向紫山后面退去了。太阳公公要开始例行工作了——爬上蓝蓝的天空，照亮大地。小苍鹭已经醒了。他想挣脱那个可怕的捕兽夹，不停地挣扎着，最后用尽了全力，但还是徒劳无功。他的妈妈长腿苍鹭夫人去大河了，她想捉只美味的肥青蛙给儿子当早餐。兔子彼得认定自己待在这里很愚蠢，只是浪费时间而已。他要赶紧回亲爱的蔷薇丛里。就在他正准备向小苍鹭说再见时，他看见远处的湿地里有红色的东西在移动。

兔子彼得不用看第二眼就知道，那是身穿红外套的狐狸雷迪。为了能看得更清楚一些，兔子彼得小心翼翼地挺直身子，只见狐狸雷迪向前小跑着，东嗅嗅西闻闻。他这是在捕猎！从前，兔子彼得由于自己的失误，已经被狐狸雷迪追杀过许多次了。

兔子彼得一开始认为，狐狸雷迪正在寻找自己。但很快兔子彼得就回过神儿来，狐狸雷迪根本就不知道他在湿地。狐狸雷迪只是在碰运气。兔子彼得突然想到，小苍鹭还被捕兽夹紧紧地夹着。狐狸雷迪会听到他的声音吗？仔细观察了狐狸雷迪的动作后，兔子彼得断定他没有听到小苍鹭的声音。

"今天早上，他只是凑巧来了湿地，"兔子彼得心想，"他这是没有目标的乱碰。噢，天哪！狐狸雷迪现在来这里干什么，他今天早上怎么不去别的地方啊？如果继续沿着这条路往前走，他一定可以看见小苍鹭。长腿苍鹭夫人出去寻找食物了，这里根本没人可以帮小苍鹭。噢，天哪！噢，我的天哪！"

突然，兔子彼得的脑海里闪过一个想法。也许他可以引诱狐狸雷迪离开湿地！现在，他要想好逃到哪里，这样一来，狐狸雷迪追他时，就可以躲进去。于是，他绞尽脑汁地想，最后想到湿地的另一边有一根空心老原木，它的一头有一个开口，这个开口刚好可以容他进去，而狐狸雷迪的头却伸不进去。他能不能在被狐狸雷迪捉住前到达那里呢？他必须全速奔跑，即使这样，也可能会失败，这就意味着，他要冒很大的风险。如果他藏在这些灌木下面，狐狸雷迪根本不会找到他，却会发现那只无助的小苍鹭，那时狐狸雷迪就不会再考虑追捕其他动物了。兔子彼得到底应该怎么做呢？难道要冒生命危险，去救一个过后都不会说声谢谢的大鸟吗？更何况兔子彼得为他所做的一切，他可能根本就不知道。

"为你感到羞愧。"兔子彼得的心里有个声音说。接着，兔子彼得就迅速从灌木中跑了出来，直接从狐狸雷迪的面前跑过。他终究还是选择了帮助别人!他为此感到很高兴。

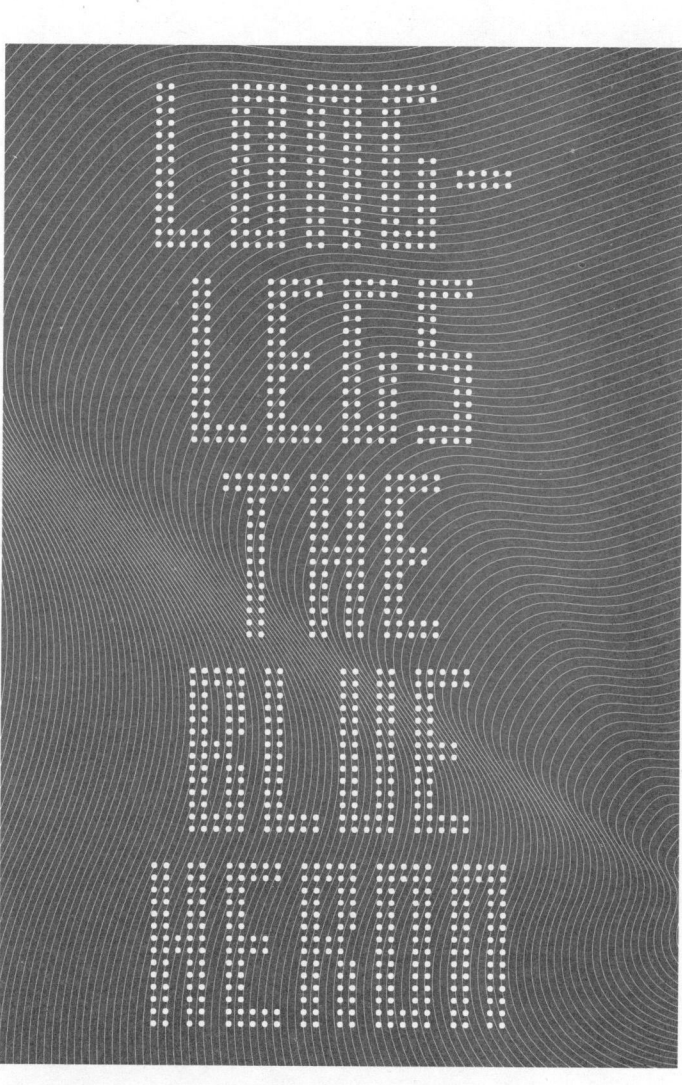

第十六章
兔子彼得死里逃生

量力而行,尽力而为;
顺其自然,随遇而安。

狐狸雷迪正在大河旁的湿地上捕猎。他偶尔会光顾这里，时不时美餐一顿。今天清晨，他刚好在附近，心想到这里来碰碰运气，也许能找到食物。狐狸雷迪心思缜密，他很清楚，在最意想不到的地方，常常会找到最好的东西。即使什么都没找到，他也不会沮丧，何况他知道自己没有错过什么，就没有遗憾了。

他在湿地里小跑着，能用的感官都用上，眼睛注视着每一个老树桩，鼻子嗅着路上的灌木丛，时不时用嘴舔一舔、尝一尝。看着他那副样子，你会觉得他很饿似的。其实，他一点儿也不饿，因为在炎热的日子里，蚱蜢很多，所以他每天都吃得饱饱的。

突然,有个棕色的影子从他的眼前蹦跳着跑过去了,他立刻就看到了。他当时是什么反应呢?用"目瞪口呆"来形容是一点儿都不为过的。

"天哪,是兔子彼得!"狐狸雷迪大叫起来,"这家伙在湿地里干什么呢?"

狐狸雷迪才不会把时间浪费在"疑问"上呢,只见他迅速跳到兔子彼得的后面,一边跑一边狞笑。"这次我要抓住他。"狐狸雷迪想。

"这里没有兔子彼得藏身的蔷薇丛,这片湿地上的每个洞穴我都熟悉。兔子彼得,你犯了个错误,你选择来这儿的时候,就已经错了。我已经吃了一周的蚱蜢,正好尝尝兔子肉换个口味。"狐狸雷迪边跑边咂巴嘴。

兔子彼得擅长短跑,而狐狸雷迪擅长长跑。兔子彼得知道,虽然自己可以暂时甩开狐狸雷迪,但如果一直这么跑下去,迟早会被捉住。对他来说,现在只有湿地边上那根空心老原木里面安全。要想到达那里，就不能再这样躲闪了，因为太浪费时间和体力了。如果这是一场赛跑，那一定是直线赛跑。因此，他必须全速前进，在被狐狸雷迪抓住前到达那里。

于是，兔子彼得径直向老原木跑去，他的腿能跑多快就跑多快。过了一会儿，狐狸雷迪疑惑了。"他好像有一个固定的目标似的。"狐狸雷迪喃喃自语道，他本以为兔子彼得会像之前那样东躲西闪，"他正去的那个方向根本没有洞啊。难不成他觉得可以跑过我？那就让他看看我的厉害吧。"

狐狸雷迪加快速度，眼看就要追上兔子彼得了。兔子彼得扭头往后看了看，马上意识到自己的处境有多危险了。他用尽了全力，这样一来，就跳得更远了，但根本问题没有解决，因为狐狸雷迪整体上明显比他跑得快。

兔子彼得能不能及时赶到老原木那里呢？不知怎

么回事,那根原木似乎离他非常遥远,远得超乎想象。他的腿开始疼了,呼吸也变得急促了。有那么一会儿,他希望自己没有去帮被困的小长腿苍鹭。很快,他又为自己有这样的想法而感到羞愧,于是就把这个想法抛到脑后了。

啊!老原木就在眼前了!这时,兔子彼得朝后看了一眼,似乎瞥见狐狸雷迪的嘴巴了。他吓坏了,赶紧使劲儿往前跳了几步,终于他成功了,安全了!这简直就是死里逃生啊!

第十七章
狐狸雷迪故伎重演

遇见狡猾的人要当心,
花言巧语不要信。

狐狸雷迪原以为可以抓到兔子彼得，没想到还是让兔子彼得跑了，因此他很生气。千钧一发之际，兔子彼得窜进了湿地边上那根空心原木里！狐狸雷迪竟然忘记了这里有根空心原木。如果记得，他会跑得再快一点儿，肯定就能捉住兔子彼得了，因为他很清楚兔子彼得刚才奔跑时已经拼尽全力了，不可能跑得更快了。

狐狸雷迪懊恼极了。他不是生兔子彼得的气，而是在生自己的气。他原以为兔子彼得在这里找不到一个安全的地方，所以就觉得抓住兔子彼得易如反掌。可现在好了，兔子彼得化险为夷了。只怪他自己，忘记了那根老原木。虽然他气得咬牙切齿，但为了防止兔子彼得听到，所以并没有把牙齿咬得咯咯响。

这时，他把鼻子探进了原木洞里，但当打算把头也探进去时，他失败了，因为他的头太大了。

"兔子彼得，"狐狸雷迪说道，"你是一个了不起的赛跑者。"他的声音听起来很友好，很诚恳，你完全猜不到他多么沮丧、愤怒。

"你跑得太快了，真是一位出色的赛跑者呀！你太令我震惊了。我相信你可以赢过我。这次你赢了，下次你还会赢。等你休息好后，我们再比一次怎么样？如果你赢我两次的话，你一定会在格林森林里和格林牧场上扬名立万。你听我说，兔子彼得，这次跟上次一样，你在我前面先跑。如果你又赢了，我会告诉大家你比我跑得快。你觉得怎么样？"狐狸雷迪温和地问道。

兔子彼得在空心原木里正大口大口地喘着气。听到狐狸雷迪的话后,他露齿一笑。

"他以为用那种腔调说话,我就不会怀疑他的目的是想引我出洞了?"兔子彼得心想。他大声说道:"不用了,谢谢你啦,狐狸雷迪!赢一次比赛我已经很满足了。接下来的时间,我要好好休息一下。你先告诉大家,这次是我赢了。也许改天我可以再赢你一次。"

狐狸雷迪的脸都气歪了,但他将自己的头扭向兔子彼得看不到的地方。

"就听你的吧,兔子彼得,"他说道,声音听起来很平静,很友好,"今天也晚了,我要回老牧场了。下次再见,兔子彼得。我答应我的夫人要早点儿回家,所以我现在必须快点儿回家了。"

狐狸雷迪转身小跑着穿过格林牧场。要想回老牧场,格林牧场是必经之路。兔子彼得竖着耳朵听了一会儿,然后偷偷地爬到洞口张望。他看见狐狸雷迪头也不回地跑远了。狐狸雷迪看起来没有耍阴谋诡计，而正如他所说的一样，他要回家了。最后，他消失在湿地边上的一些高大的灌木后面。

然而，一跑到灌木丛后面，狐狸雷迪就飞奔起来，但不是朝老牧场的方向，而是绕了个大圈，这样就可以跑到那根老原木的后面。接近老原木时，他尽量小心，以免发出声响。后来，他几乎是匍匐前进了。最后，他来到一簇灌木丛后面，在这里可以观察到那根老原木的动静。他趴了下来，脸上露出阴险的笑容。从前，每次玩这个老把戏，他几乎都赢，从而享受过许多次丰盛的晚餐。

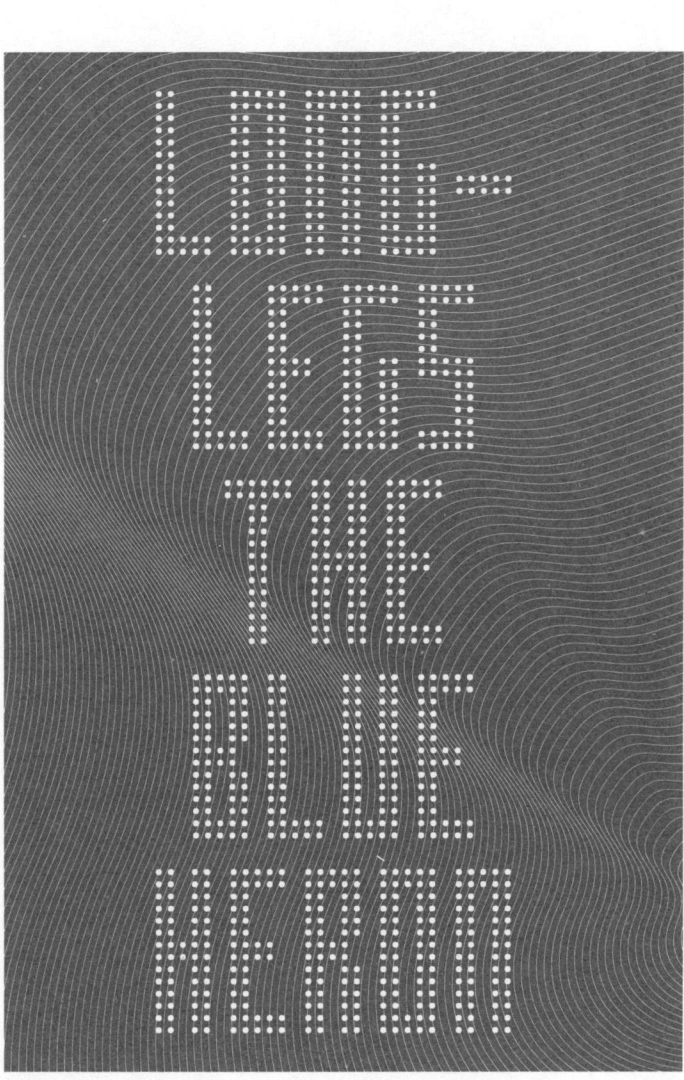

第十八章
一场"耐心"比赛

如果"耐心"也能比赛,
那么没有耐心的人输,
有耐心的人赢。

在老原木后面的灌木丛中躲着,狐狸雷迪觉得自己聪明绝顶了。

"兔子彼得以为我回老牧场了,我一次都没有回头看他,因为不能让他起疑心。不过,我知道他一定会看着我在他的视野中消失。"狐狸雷迪这么想着,然后狡猾地露齿一笑。

"那根老原木只有一头是开放的,所以兔子彼得在里面只能看到一个方向,"他继续自言自语道,"他会等一会儿,等到确信我回到了老牧场才会出来。恐怕下次和我的跑步比赛,兔子彼得会不高兴了,但我会……"

狐狸雷迪的话没有说完。他舔着嘴唇,仿佛已经尝到了那顿兔子大餐。

所以,狐狸雷迪继续藏在那根老原木后面的灌木丛中,那里既舒服又令人愉悦。更重要的是,他在等待一顿兔子大餐。这只是耐心的问题,而他经受得住耐心的考验。这么一顿大餐值得苦苦等待。

与此同时,兔子彼得躺在那根空心老原木里,也在思考。如果狐狸雷迪知道了兔子彼得的想法,他会大吃一惊的。他肯定会大吃一惊。那样的话,他就不会如此确信那顿美餐会能到手了。

"狐狸雷迪一路小跑,好像是要回老牧场,"兔子彼得心想,"他刚才说话的语气太友好了,他离开得也太快了,而且又那么匆忙。当我看着他的时候,他的确没有回头看一眼。那个穿着红外套的流氓没有抓住我,却没有表现出一丝沮丧,还那么高兴,这怎么可能呢,除非他还有别的计划。我了解他,他不会善罢甘休的。

"他想让我以为他径直回到了老牧场,如果这是他故意误导我的话,我就得往相反的方向去思考。当然,我不知道他到底在哪儿,但我猜,他应该躲在附近的某个地方。而我从这根老原木开放的这一头看不到那个地方。我真希望在另一头也有一个洞。我可以告诉他一件事,那就是,如果他想等我出去,他会等很久的。不管怎样,我得先休息好,才能想出万全之策。"

于是,兔子彼得舒服地躺着,开始睡觉了。狐狸雷迪也想小憩一会儿,因为他得一整晚都在外面待着。但他又怕兔子彼得会溜出去跑掉。如果他知道兔子彼得在睡觉的话,他也会睡一觉的。但他不知道,所以他一直睁着眼,监视着那根老原木。

新的一天到来了,太阳公公在蓝蓝的天空中越爬越高,天气也越来越热。即使在湿地里的灌木丛下,也热得让人无法忍受。狐狸雷迪开始粗声喘气。此刻,他真希望自己正在老牧场地下室的家中享受着丝丝清凉,因为家里总是很凉快。蚊子和苍蝇轮番折磨着他。可一顿兔子大餐绝对值得他这样等,所以他很有耐心。

兔子彼得睡了一个好觉后,醒来朝外面偷窥。一切看着似乎都很安全。但兔子彼得知道,事物通常表现出来的样子并不是它真正的样子。"这事关我的小命,我得更加耐心些,"他想,"在我冒险出去之前,我得确定狐狸雷迪已经离开这里了。"于是,兔子彼得又睡起觉来。

第十九章
兔子彼得刨了个小孔

若要灭亡,
必先疯狂。

狐狸雷迪躲在老原木后面的灌木丛中，兔子彼得躲在老原木的里面。狐狸雷迪确定兔子彼得在原木里面，但兔子彼得不确定狐狸雷迪是否在监视着他，等着他出来。他只是怀疑，可他完全不知道事实。

"我能感觉到，他就在附近的某个地方，"兔子彼得心想，"他知道我离亲爱的蔷薇丛很远，所以一时半会儿回不去。别担心了，担心也没什么用。据我所知，担心是最坏的习惯。至少我现在很安全。只要我待在这儿，我就是安全的，这就够了。等离开的时候会有足够多的时间去担心，而那又在很长一段时间以后了。当然，狐狸雷迪也许直接回老牧场的家了。

但我不信,因为我太了解那个老流氓了。

"不管怎么说,如果他在监视我,等着我的话,他就远离那个哈哈溪,远离那只可怜的小苍鹭了。这真是个有趣的世界。我以为自己帮不到那只可怜的小苍鹭,可我猜我已经救了他的命。如果我没有把狐狸雷迪引开,小苍鹭就会被他发现。而那只小苍鹭不知道这件事,也永远不会知道。我在想,是否别人也为我做了些我所不知道的事情呢。

"不管是谁设下那个残忍的捕兽夹,然后忘记了它,可就是因为这个捕兽夹,那只可怜的小苍鹭正在遭受痛苦和恐惧,甚至可能死掉,他的妈妈正为此担心。为了逃命,我不得不奔跑,但此刻我不敢出去。我的夫人正在为我担忧,因为我没有回到亲爱的蔷薇丛里的家,而狐狸雷迪确信到手的一顿美餐跑了,他肯定很沮丧。是的,朋友,这真是个有趣的世界。"

兔子彼得不再想这些有趣的事情,他耸耸自己的小鼻子。快乐的小微风刚好经过，带来了一丝微弱的气味。兔子彼得露齿一笑。"果然跟我想的一样，狐狸雷迪就在这附近，"他自言自语道，"我能嗅到他的气味，狐狸雷迪身上发出的这种强烈的气味对于我们来说，其实是件好事。快乐的小微风帮了我一个大忙，他自己却不知道。我又要说这句话了，有人为别人做了某事，而别人毫不知情。这真是个有趣的世界。我真希望自己知道狐狸雷迪在哪儿。"

兔子彼得开始检查老原木的里面。它只有一头是开放的，因此兔子彼得只能从这一个方向看出去。但很快，在靠近另一头的地方，兔子彼得发现了一束微弱的光，这说明那儿有一个小洞口。他刨开那里柔软、腐朽的木头，那束微弱的光慢慢散开来，变得更加明亮。兔子彼得继续刨着，很快出现了一个小孔。虽然很小，但通过它可以看到外面的情况。

从那个小孔往外看，兔子彼得看不到太多东西。

事实上，他能看到的所有东西就是不远处的一个灌木丛。他无所事事地坐在那里，窥视着外面，但他一直在思考这个有趣的世界，各种各样的生活就这样交织在一起。突然，那个灌木丛轻轻地动了一下，有一个尖尖的鼻子探了出来。兔子彼得几乎要笑出声来，现在，他知道狐狸雷迪藏在哪儿了。

第二十章
松鸦塞米及时出现

少说话,多观察,
真相令你很惊讶。

除了四处搞恶作剧，松鸦塞米也没什么特别要做的事了。你知道的，松鸦塞米最喜欢搞恶作剧。他的孩子们都已经长大，离开了巢穴，所以松鸦塞米没有家务事要做。因此，塞米不是在找吃的，就是在搞恶作剧。

　　没人知道，那天早上是什么风把松鸦塞米引到了大河边缘的湿地。也许他碰巧想起来自己很久没去过这块湿地了吧。不管怎样，他来到了这里。因为他是从老果园飞过来的，所以他飞到了那根原木所在的一边，而兔子彼得为了躲避狐狸雷迪，正藏在那根原木里面呢。

当松鸦塞米想搞恶作剧的时候，他总是很安静。可其他时候他都很吵。他非常喜欢听到自己的声音。当人们在搞恶作剧的时候，从来不愿被别人看到或听到。因此，松鸦塞米无声地飞着，用他敏锐的双眼寻找一切有恶作剧价值的东西。可以确定的是，这双敏锐的眼睛很少会错过什么东西。

松鸦塞米轻轻地从一棵树飞到另一棵树，在每棵树上面稍作停歇。然后他东瞧瞧，西看看，努力看着他可以看到的所有东西。他很快落到了一棵树上，这棵树下面有一个高大的灌木丛。像平常一样，他左顾右盼。他看到下面那个灌木丛在轻微地晃动。

现在一丝风都没有，而灌木丛自己又不会动。松鸦塞米自然知道这件事。

"有人在那个灌木丛中。"松鸦塞米心想。然后，他探出头去，想看得更清楚一些。

正如我所说，松鸦塞米的眼睛非常敏锐。他立刻就看到一个红色的东西。为了看得更清楚一些,他挪了挪身体,然后在心里笑了。"躲在那儿的不是狐狸雷迪吗?"他喃喃自语道,"这家伙躲在那儿做什么?他肯定是在等谁吧。"

松鸦塞米努力地四下张望,想看看狐狸雷迪到底在等谁,但是什么都看不见。不远处,有一根老原木。但从他坐着的那个地方看,看不到开放的那一头,或许他已经猜到,狐狸雷迪等的那个人就在那根原木里。松鸦塞米坐在那儿看了一会儿,什么都没发生。最后,松鸦塞米累了。

没有什么事能够比打乱狐狸雷迪的计划更让他高兴的了。他知道狐狸雷迪一动不动,一定是想抓住谁。松鸦塞米一想到恶作剧,双眼就闪闪发亮,然后他张开了嘴巴。

"小偷!小偷!小偷!"他扯着嗓子喊叫道,"狐狸!狐狸!小偷!小偷!"

狐狸雷迪抬头朝上面看去,咆哮着。然后,他慢慢地站起身来。他知道再躲在那里已经没用了。

"为什么你不管好自己的事,偏偏要打搅别人的好事!"狐狸雷迪厉声说道。

"小偷!小偷!狐狸雷迪就在这儿!"松鸦塞米兴高采烈地尖叫着。

狐狸雷迪抬头怒视着松鸦塞米,如果眼神能够杀人,松鸦塞米顷刻之间就会死掉。松鸦塞米还在叫着,不过更大声了。狐狸雷迪转过身,尽可能高贵地小跑着,而松鸦塞米一直尾随着他,不停地喊:"小偷!小偷!狐狸雷迪就在这儿!小偷!小偷!"

松鸦塞米跟着狐狸雷迪一直穿过湿地,穿过了一半格林牧场,每个听见的人都知道狐狸雷迪在哪儿了。兔子彼得在那根老原木中也听到了松鸦塞米的尖叫声,他咯咯地笑了,因为他知道,现在自己已经安全了。他打着哈欠,从那根原木里爬了出来,伸了个懒腰。他想起了那只被捕兽夹困住的可怜的小苍鹭。一个主意从他的脑袋瓜里冒了出来。

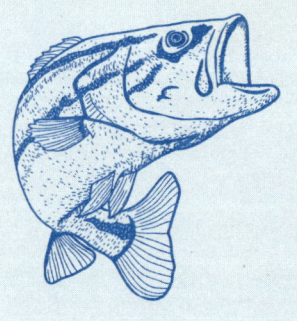

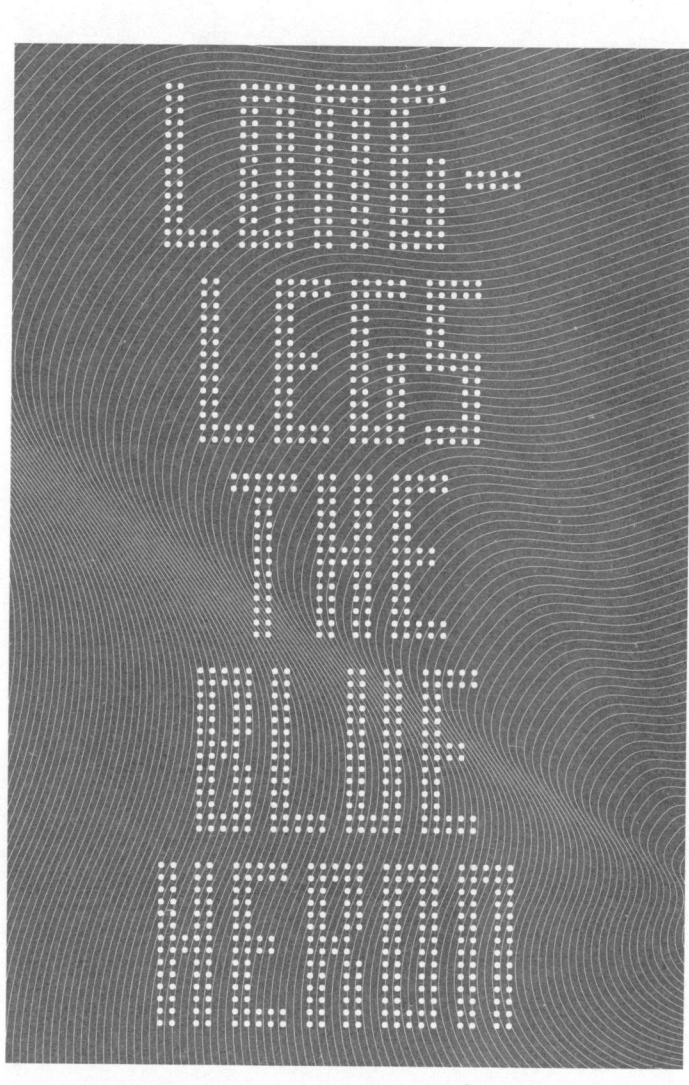

第二十一章
兔子彼得与松鸦塞米商量

付出所有,
静候佳音。

"我相信,只要松鸦塞米愿意,他一定会帮上忙的,"兔子彼得心想,"他会跟着狐狸雷迪,直到看到狐狸雷迪真的回了老牧场的家,然后就会回到这儿,想方设法搞清楚狐狸雷迪躲在这儿的原因。我很了解他,他们总说我对什么都很好奇,不过我的好奇心跟松鸦塞米比差远了。现在我要做的,就是耐心地等一会儿,松鸦塞米很快就会回来。"

于是,兔子彼得在那根老原木附近坐了下来。等了没多久,松鸦塞米果真回来了。他看到了兔子彼得。他也猜到了,狐狸雷迪刚才等着的就是兔子彼得。

"你好啊,兔子彼得!"松鸦塞米说道,"我赶跑狐狸雷迪的时候,你在哪儿呢?"

"我就在那根老原木里,"兔子彼得看着他,回答道,"你帮了我个大忙,对此我非常感谢。我想问问你,你还愿意再做一件帮助别人的好事吗?"

松鸦塞米将自己的脑袋歪向一边,机警地看着兔子彼得。"那得看是帮谁了。"他说道。

"是一只遇到大麻烦的家伙,"兔子彼得回答道,"我知道你很喜欢恶作剧,但我知道你不像别人说的那么坏。"

"谢谢你。"松鸦塞米回答道。

"我还记得,野鸭夫人遇到困难的时候,你是怎么帮助她的,"兔子彼得继续说道,"我知道有一个长着羽毛的家伙遇到了更大的困难,十分危险。"

"是谁?"松鸦塞米问道,他看起来非常感兴趣。

"我不能说,"兔子彼得说道,"除非你答应我,即使你不会帮他,至少不能把这个消息告诉别人。"

"我答应你。"松鸦塞米赶紧回答,他越来越好奇了。

"如果你有能力帮助他的话,你会帮他吗?"兔子彼得问他。

松鸦塞米想了一会儿。最后,他决定,如果他能帮的话,肯定会帮。然后,兔子彼得告诉了他,关于那只可怜的小苍鹭被残忍的捕兽夹抓住的故事。"我觉得他的处境堪忧,"兔子彼得说道,"如果农夫布朗的儿子发现他,那还好。不过,这需要农夫布朗的儿子在狐狸雷迪或者老郊狼发现他之前找到他。除了你的表亲乌鸦布雷奇,你是我能想到的唯一一个可以把农夫布朗的儿子引到那儿的人。但我更愿意相信你。"

"谢谢你信任我,"松鸦塞米严肃地回答道,他的眼睛里闪烁着一丝光芒,"你还真是会说话。那你告诉我,我怎么才能把农夫布朗的儿子带到小苍鹭那儿？"

"你要四处查看，直到找到农夫布朗的儿子，到时你就扯开嗓子尖叫。他一定会过去看你发现了什么。你知道的，他经常这样。"

松鸦塞米点点头。"但是，"他说道，"假设农夫布朗的儿子听见了，却没有去那个地方，怎么办呢？"

"那我们也无能为力了。"兔子彼得回答道，看起来十分焦虑不安。

"好吧，"松鸦塞米回答道，"我先去看看那只小苍鹭，再去找农夫布朗的儿子。"松鸦塞米像来时一样，悄无声息地飞走了。

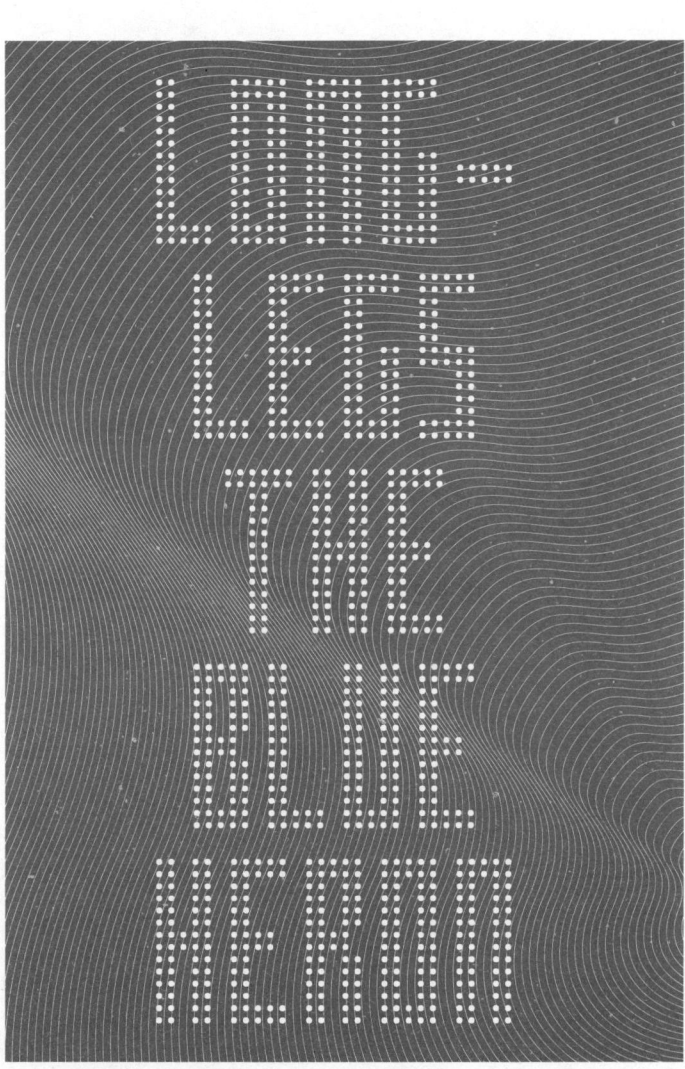

第二十二章
松鸦塞米遵守诺言

说谎者,受人讥笑;
诚实者,受人尊重。

松鸦塞米径直飞到兔子彼得所说的那个地方，那只可怜的小苍鹭就在那里，他被紧紧地夹在哈哈溪边上的一个捕兽夹里。松鸦塞米没有发出一点儿声响。他认为在自己被看到之前，先要了解整体情况才行。很快，他就看到了兔子彼得所告诉他的一切。他知道兔子彼得说的是事实，无论是在格林森林里还是在格林牧场上，没有一个小居民能把夹住小苍鹭的脚的那个东西移开。

"农夫布朗的儿子是他解脱出来的唯一希望，"塞米心想，"兔子彼得说得没错，可怜的孩子，可怜的孩子呀！这一定很疼。谁放的这个捕兽夹，应该自己被夹住尝尝个中滋味。是的,松鸦塞米,看来只有你能救小苍鹭了,而且越快越好。"

于是,松鸦塞米展开他那蓝色的翅膀,在未被小苍鹭和他的妈妈长腿苍鹭夫人看到的情况下飞走了。松鸦塞米觉得最好还是不要暴露自己。"这可能会增加他们的担忧,"松鸦塞米喃喃自语道,"我的名声不是很好,他们或许会以为,我会把他们的麻烦告诉狐狸雷迪和老郊狼的。"

想到自己的坏名声,松鸦塞米咧嘴一笑。他似乎对此毫不在意。

当他到达格林牧场旁的那块湿地的边缘时,他停在一棵最高的树上,急切地扫视着农夫布朗家的玉米地。我们知道,松鸦塞米的眼睛很尖,不到两分钟他就确认玉米地里没人。他很失望,非常失望。"昨天农夫布朗的儿子还在这里干活儿呢,"他心想,"他昨天一整天都在这里。今天不知道还会不会来这里。

如果他来的话，小苍鹭还有点儿希望。不然，那就太糟糕了。唉，天哪，那就太遗憾了。"

然后，他忽然想到天色尚早。如果他耐心地等，或许农夫布朗的儿子过一会儿就来了。于是，松鸦塞米找了点儿东西吃，接着栖息在树顶上，尽可能耐心地看着，等着。松鸦塞米在查明他感兴趣的事情时，与格林森林里或格林牧场上的所有小居民们一样，是很有耐心的。可是，坐在这里等一个人，而且还不知道对方会不会来，这太考验耐心了。

松鸦塞米开始坐立不安，有好几次都到放弃的边缘了。他有点儿不想管小苍鹭了。然后，他就想到，被困到捕兽夹里是多么可怕。于是他又耐下性子。不过，都日上三竿了，还没有农夫布朗的儿子的影子，松鸦塞米觉得他今天不会来玉米地了。

"再等也没有什么意义了，"松鸦塞米这样想着，"他不会来了，而我在浪费自己的时间。我还是放弃吧。"

就在那时,他看到有人顺着一条长长的小路向格林牧场走来。他看了一眼就知道,那是农夫布朗的儿子。松鸦塞米的眼睛亮了。他安静地观察着。农夫布朗的儿子并没有在玉米地里停留,他手中拿着一根钓鱼竿,径直向微笑池塘走去。他要去钓鱼。

"这太好了,"松鸦塞米心想,"我现在就让他过来,不然我就不是松鸦塞米。"

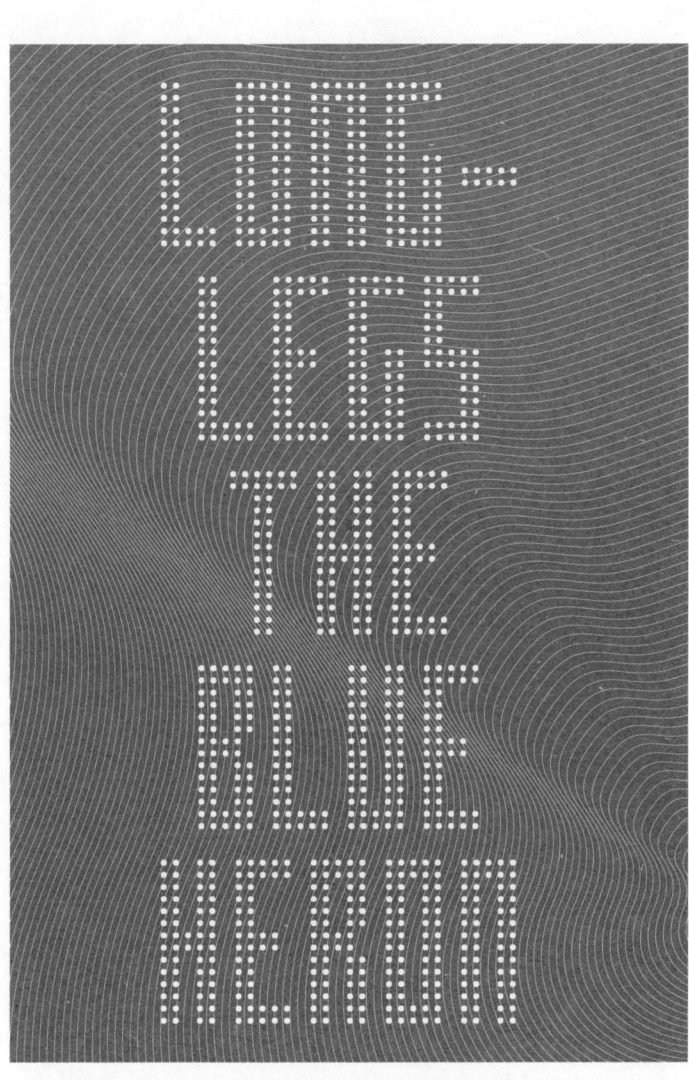

第二十三章
悦耳的口哨声

如果成功有捷径,
那么一定是坚持。

当农夫布朗的儿子穿过格林牧场，走向微笑池塘的时候，他愉快地吹着口哨。哨声还挺悦耳的。田鼠丹尼正奔跑在草丛里的一条秘密小路上，这时也忍不住停下来，微笑着坐在那里，全神贯注地倾听着。

"听起来他很开心，"田鼠丹尼喃喃自语道，"我希望他开心。在格林牧场吃午餐的时候，他从未忘记给我留一些面包屑。我希望所有两条腿的动物都能像他一样。可他们大部分都很可怕。"田鼠丹尼叹了口气。然后，他又沿着那条秘密小路跑了起来。

土拨鼠约翰尼坐在门前的台阶上，看着农夫布朗的儿子。土拨鼠约翰尼的脸上满是皱纹，听到口哨声的时候，他也笑了。他的脚下有一把柔嫩的生菜叶子。农夫布朗的儿子从寂寞小路上走过来的时候，他的脚下还没有这些叶子。可等农夫布朗的儿子经过他的家门口后，它们就在这里了。因此，土拨鼠约翰尼知道是谁留下了它们。

"如果每个人都像农夫布朗的儿子那样就好了。"土拨鼠约翰尼想。玉米地挡住了他的视线，他看不到农夫布朗的儿子了。于是，他坐下来开始享受这顿生菜宴。

谁听到这悦耳的口哨声，感受都像田鼠丹尼或者土拨鼠约翰尼一样。至于农夫布朗的儿子，随着他越来越靠近微笑池塘，他的口哨也吹得越发欢快了。他要去钓鱼。他好久都没钓鱼了。他一直在玉米地和菜园里努力地工作，已经很久没有属于自己的快乐时光。现在他有了，他要去钓鱼，先去微笑池塘，再去大河。如果说这世上有一件事是农夫布朗的儿子喜欢做的，那就是钓鱼。

当农夫布朗的儿子吹着口哨的时候,他也在遐想,当然这是一种白日梦般的遐想。他想象着自己会抓到大鱼。所有的捕鱼者都这么想。突然,松鸦塞米那刺耳的声音打断了他的思绪。在远处的湿地那里,松鸦塞米在大吵大闹。

起初农夫布朗的儿子并没在意,继续向微笑池塘走去。松鸦塞米看到后,更加使劲儿地尖叫起来。他用尽全力让自己的声音听起来好像是发现了什么特别令人兴奋的东西。他知道,一旦农夫布朗的儿子开始钓鱼,那几乎不可能再去做别的事了。可农夫布朗的儿子还是继续向微笑池塘走去。松鸦塞米喊得嗓子都疼了。

"松鸦塞米从没这么撕心裂肺地尖叫过,"农夫布朗的儿子心想,"我想知道是什么让他这么兴奋。或许他看见狐狸雷迪了,在扰乱狐狸雷迪的捕猎计划。

天哪，他搞出的动静可真大。如果不是这样，我就钓鱼去了。我先去那里看看发生了什么事情。这件事情一定非同寻常。松鸦塞米从没这么大惊小怪过。"

农夫布朗的儿子停了下来，看着湿地。松鸦塞米看到后，更加使劲儿地尖叫起来。他已经让农夫布朗的儿子停下了，接下来能不能让这个人到湿地去呢？

第二十四章
农夫布朗的儿子来了

只要坚持到底,
就能无往不胜。

农夫布朗的儿子慢慢地向湿地走去,松鸦塞米正是在那里声嘶力竭地喊着。现在他放下了鱼竿,开始着急赶路了。当他离湿地越来越近的时候,松鸦塞米往远处飞了一些,自始至终都在高声喊叫着。农夫布朗的儿子感觉松鸦塞米好像在领路似的。每次在他靠近的时候,松鸦塞米都会继续向前飞两步。

这时,农夫布朗的儿子已经忘了钓鱼的事情。他只想知道松鸦塞米到底为什么叫。他打算去搞清楚这一切。当他进入湿地的时候,他放慢步伐,小心翼翼,以免发出声响。他知道,如果松鸦塞米正在监视某个邻居,比如狐狸雷迪,他想搞清楚这一切就必须不能让别人注意到自己，所以他悄无声息地在湿地里潜行。怎样在看见别人的同时，不被别人看见，这是他从格林森林里和格林牧场上的小邻居们那儿学来的。

这次其他人也开始好奇松鸦塞米到底怎么了。松鸦塞米的表兄乌鸦布雷奇正在从格林森林赶来的路上，他也想知道发生了什么事。老郊狼从睡梦中醒来，正在想到底要不要去那块湿地呢，而狐狸雷迪已经出发了。很多鸟儿也尽可能快地向湿地飞去。

松鸦塞米知道这一切。每次他厉声尖叫的时候，都会这样。但只要农夫布朗的儿子继续跟着，他才不要管其他人呢。此时此刻，农夫布朗的儿子是最重要的。树木很茂密，松鸦塞米在里面看不清楚远处的东西。他得停下来飞回去，看看农夫布朗的儿子是否还跟着自己。农夫布朗的儿子正安静地站着，倾听着。松鸦塞米急忙飞了回来，又开始尖叫起来。

渐渐地，松鸦塞米离小苍鹭被困的地方越来越近了。小苍鹭的妈妈长腿苍鹭夫人和小苍鹭在一起。她当然也听到了松鸦塞米的叫声。她宁愿自己聋了也不想听见他的叫声。起初，当他在远处的时候，长腿苍鹭夫人并没有在意他。但当他越来越近的时候，长腿苍鹭夫人变得焦虑起来。他那样叫是什么意思呢？如果松鸦塞米继续向前飞，他会来到我们所待的这个地方。难道是狐狸雷迪或者其他的敌人在偷偷地穿过湿地，而塞米正跟着他们，和往常一样试图破坏他们的捕猎计划？长腿苍鹭夫人已经做好战斗准备。她愿意为她的孩子献出自己的生命。

接着，松鸦塞米停在他们头顶的一棵树上，比之前叫得都要响亮。他撕心裂肺地叫着。长腿苍鹭夫人愤怒地看着他。她怀疑，是松鸦塞米知道小苍鹭有难，故意引敌人过来。

"没事，没事，"松鸦塞米冲长腿苍鹭夫人喊道，"有人来帮忙了。"

突然,有根树枝啪的一声被折断了,长腿苍鹭夫人那双锐利的眼睛马上就注意到有东西过来了。是可怕的两条腿的人类,她的心一沉。她根本打不过他。即使再勇敢的母亲也难以抗衡这样的对手。她心碎地叫着,张开翅膀飞走了。这时,农夫布朗的儿子来到了哈哈溪靠近小苍鹭的岸边。松鸦塞米停止了叫喊,他成功了,现在急切地想知道接下来会发生什么。

第二十五章
长腿苍鹭夫人绝望了

希望变成绝望真痛苦,
　　谁都难以承受。

当农夫布朗的儿子突然出现的时候，长腿苍鹭夫人飞了起来，但她并没有飞太远，只是飞到了她认为足够安全的地方。她栖在一棵树上，在那儿可以看到发生的一切。她觉得自己已经知道可怜的儿子会有什么下场了——他会被杀死。按照她对这些两条腿的动物的了解，她的儿子凶多吉少。从前，她亲眼见过一个猎人举起一根小棍子，当里面冒出烟和火时，许多可爱的小鸭子被打了下来，死掉了。她也曾经多次被击中，那种钻心的疼要好几天才能缓解。她厌恶、憎恨所有两条腿的动物。因此，当松鸦塞米说没事时，她根本不相信。这时，她看到农夫布朗的儿子停下了脚步。农夫布朗的儿子发现了小苍鹭,满脸都是惊讶。

看着小长腿苍鹭,农夫布朗的儿子心想,他已经长大成人了,为什么不和他的妈妈一起飞走呢。农夫布朗的儿子向前走了一步,只见小苍鹭伸展了翅膀,却只能徒劳地挥动。看到这种情形,农夫布朗的儿子立刻就明白,小苍鹭的一只脚被困住了。于是,他心生怜悯。小苍鹭挣扎着,扑扇着翅膀,挥动着长嘴,他准备要为保命而战斗了。

"别这样,你这个愚蠢的家伙,他是来帮你的,不是来伤害你的。"松鸦塞米大叫道。

可小苍鹭并没有听进去。他的妈妈说过,人类很可怕,甚至比狐狸雷迪和老郊狼还要可怕。他的心中满是恐惧,但他不是懦夫,他要竭尽全力抵抗。

农夫布朗的儿子看着小苍鹭那长矛般的喙,摇了摇头。他知道那个喙搭配上那长长的脖子会有什么样的威力,他可不想失去一只眼睛。他听说过长腿苍鹭会攻击眼睛,虽然不知道真假,但还是小心为妙。农夫布朗的儿子脱掉身上的外套,用它挡在自己的身体前面,向小苍鹭走去。小苍鹭只啄了一下那件衣服,就被罩在了里面。小苍鹭无助地挣扎着。农夫布朗的儿子扑过去,把他和衣服一起抱住。当农夫布朗的儿子查看那只脚时,他的心都在哆嗦,脸也变得铁青。他多么希望这捕兽夹会夹住那个设置它的人,让他们自食其果,而不是让这些可怜的鸟儿承受这一切。

农夫布朗的儿子小心并且温柔地取掉了那个夹子,仔细查看了小苍鹭的脚后,决定要给他治疗伤口。于是,他抱起这只小苍鹭朝家走去。小苍鹭的妈妈悲鸣着飞向大河深处,她是那样绝望,不再抱有一丁点儿希望。但是,松鸦塞米、兔子彼得和乌鸦布雷奇目睹了这一切,他们都松了一口气。小苍鹭得救了,大家都为他感到高兴。

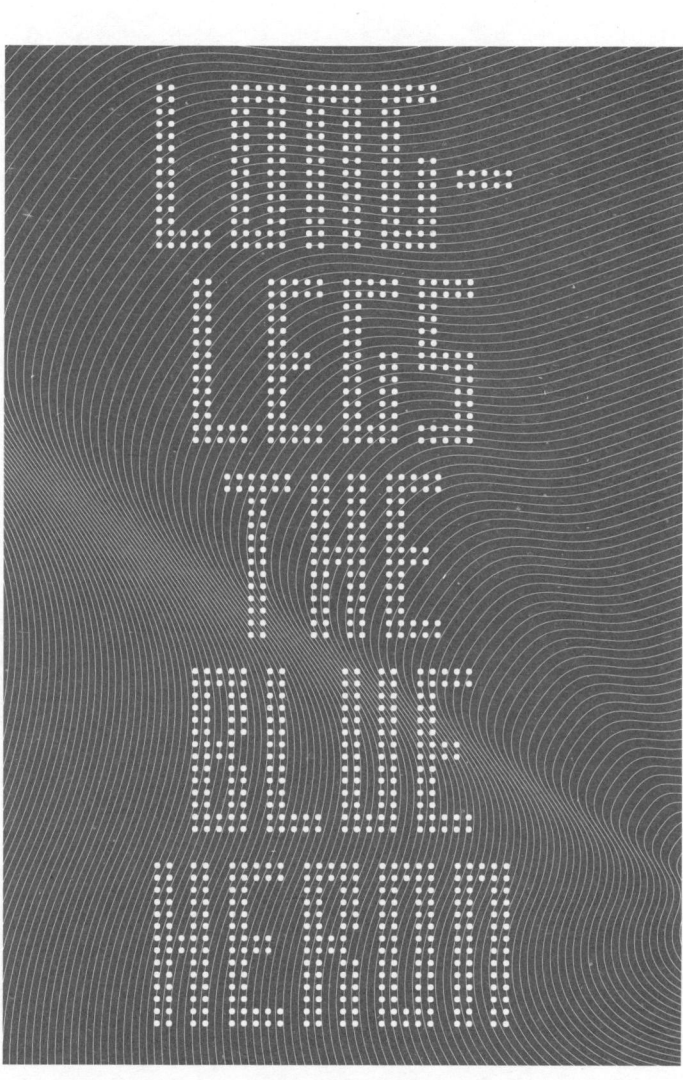

第二十六章
小苍鹭学到了很多东西

心若慈悲,
　情必温柔。

兔子彼得和松鸦塞米都很开心，他们很久都没这么开心过了。当他们看到农夫布朗的儿子抱着包在外套里的小苍鹭穿过格林牧场的时候，别提有多开心了。

"现在好啦！"兔子彼得大叫道，"我知道农夫布朗的儿子一定会帮小苍鹭渡过难关。你应该感到高兴，松鸦塞米，因为是你成功地救了小苍鹭。除了你，没人能把农夫布朗的儿子引过来，小苍鹭这一辈子都会感谢你的。"

"你也一样，兔子彼得，"松鸦塞米说道，"要不是你，我也不会知道小苍鹭的情况。此外，是你把狐狸雷迪引开的。我想他欠你的人情和他欠我的一样多。那么农夫布朗的儿子会怎么做？我要到农夫布朗家的庭院去看看情况。"

兔子彼得若有所思地看着松鸦塞米飞走了。然后他扭头看了看返回蔷薇丛的路是否安全。农夫布朗的儿子在格林牧场上吃力地走着。兔子彼得觉得这应该是自己回家的最好时间。于是，他蹦蹦跳跳地向亲爱的蔷薇丛跑去，能跑多快就跑多快，他要告诉兔子彼得太太在大河旁边的湿地上发生的所有事情。

与此同时，可怜的小苍鹭正吓得浑身发抖。他正被一个大家伙，也就是妈妈说的那种最可怕、最危险的敌人带着，不知要去何方。他的脚在捕兽夹中困了那么久，现在感觉疼痛难忍。

最终，这段长途旅行结束了。对小苍鹭来说，这是一段很长的旅程。他们停在了农夫布朗家的谷仓前。毫无疑问，小苍鹭从没有来过这样的房子，这看起来就像是一个可怕的洞穴。农夫布朗的儿子十分小心地将他放下来，用衣服束住他的翅膀。小苍鹭只能静静地躺在那里。农夫布朗的儿子出去了，回来时带着一些白纱布、温水和其他东西。

农夫布朗的儿子很温柔地检查小苍鹭那只受伤的脚。"幸运的是，有一根小木棍横在你的脚和捕兽夹的钢齿之间，"农夫布朗的儿子轻轻地说，"否则，你的骨头早就碎了，你会从此失去这只脚。"

农夫布朗的儿子温柔地给小苍鹭用药水清洗伤口，这种药水可以帮助小苍鹭快点儿好起来。然后他给小苍鹭敷上药膏，再缠上绷带。在确保绷带不会被小苍鹭啄开后，他才离开。

这时，不知为什么，小苍鹭不再害怕了。这只两条腿的大家伙真温柔啊。药水和药膏已经带走了脚上的部分疼痛。也许这个大家伙并不是敌人，而是朋友。农夫布朗的儿子把小苍鹭带到了一间小房子里，将他小心地放到地板上，并解开了绑在他身上的外套。小苍鹭用一条腿站着,眨巴着眼睛看着农夫布朗的儿子。他学到了很多东西,原来两条腿的大家伙中也有善良的人。

第二十七章
奇怪的友谊

一份经过任何考验的友谊,
是生命中最美好的东西。

"你永远都不能驯服一只长腿苍鹭。"农夫布朗说。他无意中瞥见了小房子里关着的小苍鹭。

农夫布朗的儿子笑了。"等我喂上他几次,或许你就会改变看法,"他说道,"我今天本来想去钓鱼,因为我很想钓鱼。现在我想,我更要去钓鱼了,要钓许多鱼才能喂饱这只小苍鹭。除了鱼和青蛙,我也不知道该喂他些什么。"

于是,农夫布朗的儿子又一次吹着口哨出门了。他穿过格林牧场,发现鱼竿还在原地,当时他听到松鸦塞米在湿地边大叫,匆忙中忘了带走它。然后,他向微笑池塘走去,开始钓起鱼来。可是,他现在不想钓大鱼，只想钓一些小鱼，好多好多小鱼。他换了一个小点儿的鱼钩来钓小鱼。你瞧，他不是为了自己在钓鱼，而是为了谷仓里的小长腿苍鹭。

钓了十几条后，他收起了鱼线，准备回家。当他走进小苍鹭待着的那间小房子的时候，小苍鹭疑惑地看着他。农夫布朗的儿子再走近一点儿的时候，小苍鹭打算攻击他。他扔过去一条鱼，并温柔地安慰小苍鹭。好长时间，小苍鹭碰也没碰那条鱼。农夫布朗的儿子耐心地等着。终于，小苍鹭忍受不了饥饿，叼起鱼吞了下去，然后对农夫布朗的儿子眨巴着眼睛。农夫布朗的儿子又扔过去一条鱼。这回小苍鹭没有犹豫，很快就吃掉了那条鱼。而第三条鱼刚一挨着地面，就被小苍鹭吃了。

两天后，小苍鹭已经从农夫布朗的儿子手里接过鱼来吃了，但不是那样抢着吃。如果农夫布朗的儿子给他小鱼的时候，将鱼尾朝向他，小苍鹭就把鱼调个头再吃，这样保证每条鱼都是鱼头先滑进他那长长的喉咙里。他经常一下就能把整条鱼吞进肚子里。这把农夫布朗的儿子逗乐了。

"你这样吃东西没意思。"他说道。

不过，很明显，小苍鹭不这么想，而是已经做好吞下另一条鱼的准备了。小苍鹭一天要吃好几条鱼，所以农夫布朗的儿子每晚收工后都要去钓鱼，但他并不介意。他和小苍鹭正在慢慢地变成好朋友。

小苍鹭已经允许农夫布朗的儿子随意抚摸他了。他甚至允许农夫布朗的儿子用手握住他的喙，轻轻地摇它。当农夫布朗的儿子走进那间小房子的时候，小苍鹭不但不再害怕，相反，他还很高兴。

日子一天天过去了，小苍鹭的脚伤渐渐痊愈，脚上的绷带也被除掉了。小苍鹭能像之前那样走路了。农夫布朗的儿子再一次抱着他，不过，这次他的身上没有裹什么外套。他们是朋友了，而这只大鸟一点儿都不介意自己被抱着。

农夫布朗的儿子穿过格林牧场，走到大河边上的那块湿地，一直走到他发现小苍鹭被困的地方。农夫布朗的儿子给小苍鹭喂了三条鱼后，转身离去。小苍鹭看着他离去，感到非常孤单，于是叫了起来，好像在呼唤农夫布朗的儿子，让他不要走。但几乎同时，有另外的声音回应起来。

一只大鸟飞了下来，落到小苍鹭的身边。那是他的妈妈长腿苍鹭夫人，所以他暂时忘记了农夫布朗的儿子。

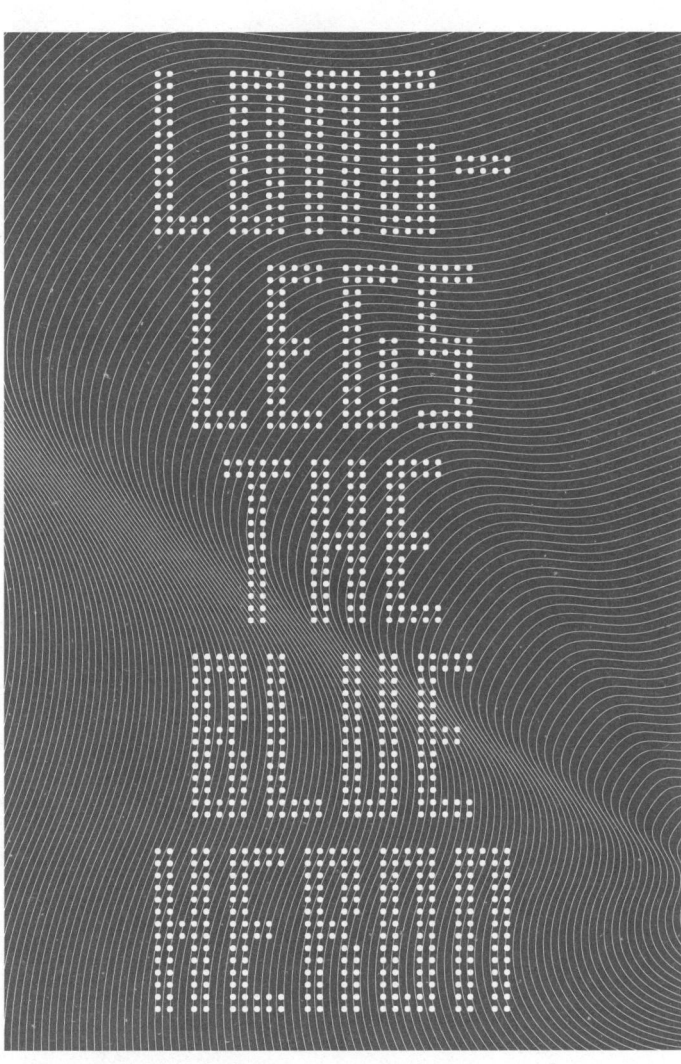

第二十八章
长腿苍鹭回来了

故人相见,
欢欣之至。

夏天过去，冬天很快也离开了，又一个春天来临。今年四月，兔子彼得发现自己特别忙碌。这段日子里，外面阳光明媚，绿草如茵，所以，兔子彼得大部分时间都在外面游荡，实际上，他应该待在蔷薇丛的家中。兔子彼得是世界上最可爱的小动物之一，但我觉得他有点儿自私。你瞧，他将照顾家庭的重任交给了夫人。是的，他就是这么做的。

现在，兔子彼得正在微笑池塘边玩耍，他已经在这里待了很久。在这里，兔子彼得感到很舒服。如果有危险，他可以迅速冲进赤杨树丛。兔子彼得大部分时间都在这里，原因是这里有很多新闻。在春天，微笑池塘里及其附近总是非常热闹。

"是不是到长腿苍鹭来这里的时间了？"兔子彼得问红翼黑鸫，他正在赤杨树丛顶上唱着快乐的歌。

"如果你问我，我说已经到了大家都过来的时间了。"红翼黑鸫回答道。他不明白别人为什么还没到。

"是不是有人提到了我的名字？"一个刺耳的声音传了过来。

兔子彼得吓了一跳，他坐起来，四处看了看，却没看到说话的人。这是谁呢？怎么听不出来？

"你说什么呢？"兔子彼得非常有礼貌地问道。

"我问是否有人提到了我的名字。"那个刺耳的声音再次传来。

兔子彼得仍然直愣愣地看着前方。他不清楚那个声音是从哪里传过来的，他感觉很奇怪。

"请告诉我，你在哪里，好吗？"他说道，"我不知道你是谁，也不知道你在哪里。"

"那就奇怪了,你刚才提到了我的名字。而现在,你又说不知道我是谁。"那个声音说道。

"我确实不知道。"兔子彼得回答道。

"好吧,我再给你一些提示,"那个声音说道,"我是一个捕鱼者。是的,朋友,我是一个捕鱼者。过来了一条鱼!"

兔子彼得正在纳闷儿,突然,有个东西嗖的一下从他身边飞了过去。那么快,兔子彼得根本没看清楚。咦,那是什么?长长的脖子,锋利的喙,小小的头,正是长腿苍鹭!兔子彼得看到长腿苍鹭正将一条小鱼抛向空中,使得小鱼头朝下,又迅速用嘴接住了,然后那条小鱼滑进了那长长的喉咙里。我的意思不是说,他看到那条小鱼进到长腿苍鹭的喉咙里面,因为他当然看不到长腿苍鹭的喉咙里面去,不过,在长腿苍鹭吞咽的时候,他看到长腿苍鹭长脖子外面的动作了。

"噢,长腿苍鹭,很高兴见到你。我之前为什么没看见你呢?"兔子彼得大叫。

"我不知道,"长腿苍鹭回答道,"我就在这里。我看到你了。至于你为什么看不见我,我就不得而知了。"

大家都知道兔子彼得为什么没有看见长腿苍鹭。因为长腿苍鹭总是一动不动地站在那里。即使兔子彼得知道他在那儿,如果他不动弹,兔子彼得也不会发现他。

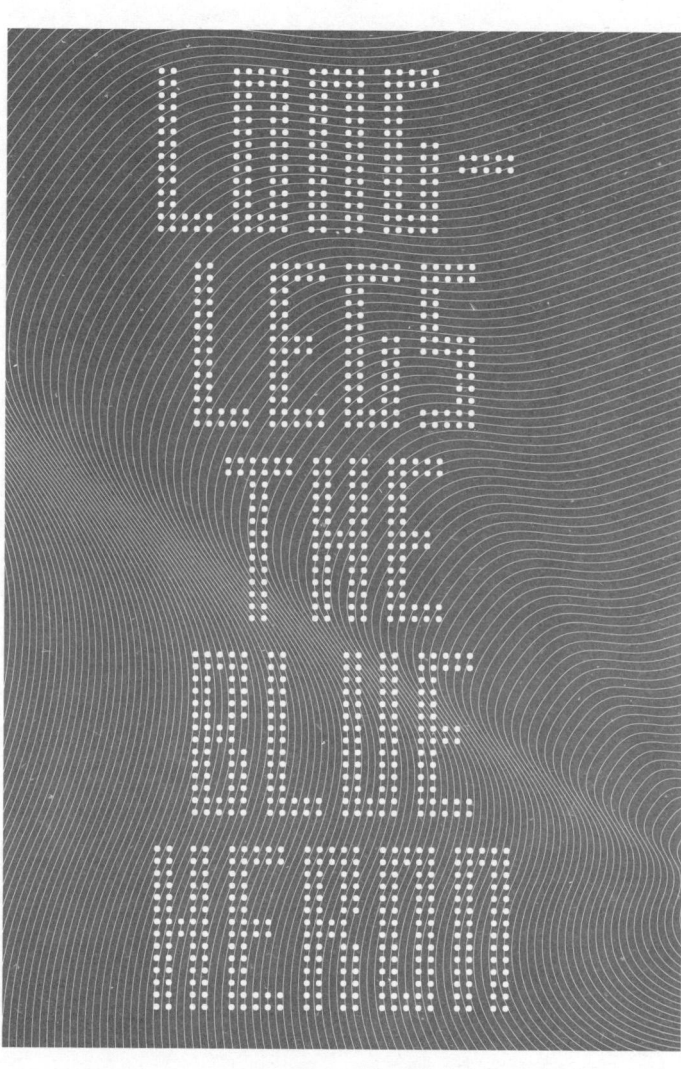

第二十九章
兔子彼得获取了一些知识

对食物过于挑剔,
吃饭就少有乐趣。

兔子彼得常常看到长腿苍鹭用一条腿站着，而且一动不动地站很长时间，看得兔子彼得感觉自己的腿都疼了。他常常看到长腿苍鹭在捕捉鱼或青蛙，看到他伸展开那双漂亮的翅膀，把头舒服地缩在肩膀上，身后拖着两条长腿，向大河飞去。如果你问兔子彼得，他会告诉你，他了解长腿苍鹭的一切。但是，兔子彼得和我们所认识的大多数人一样，他知道一点点就很满足了，而且还认为自己什么都知道。我认识的很多人都和他一样，你呢？

兔子彼得坐在离长腿苍鹭稍微远点儿的地方，因为捕鱼的人都不喜欢被别人打扰。在兔子彼得的头顶上方的是红翼黑鸫,他这会儿正在唱歌。兔子彼得一直坐着,这是他最擅长的一件事。他就这么一动不动地坐着,而长腿苍鹭也一动不动地站着。忽然,长腿苍鹭的长脖子伸了出来,那长长的喙一下就咬住了水里面的一条小鱼。速度非常快,兔子彼得觉得这个画面一闪而过。然后,他看到长腿苍鹭吞下那条鱼后,又一动也不动了。

"长腿苍鹭是我所见过的最好的捕鱼者之一。"红翼黑鸫赞赏道。

"我也觉得他是一个优秀的捕鱼者,"兔子彼得说道,"但是,我想他应该厌倦吃鱼了,我的天哪!早餐是鱼,午餐是鱼,晚餐还是鱼,光是想想都够了!"

红翼黑鸫向兔子彼得眨了眨眼睛。"我知道这种感觉,"他说道,"早餐是苜蓿,午餐是苜蓿,晚餐还是苜蓿,光想想也够了。"

兔子彼得突然站了起来。"有什么问题吗?"他问道,"这里没有什么比美味的苜蓿更好吃的东西了。"

红翼黑鹂扑哧一声笑了出来,说:"或许长腿苍鹭会告诉你,这里没有什么比新鲜的鱼更美味的了。"

兔子彼得听见这个,咧嘴笑了。"好吧,不管怎么说,"他说道,"除了美味的苜蓿,我还吃其他的东西呢。"

"长腿苍鹭除了吃鱼,也吃其他的东西呢。"红翼黑鹂回答说。

"你说的是青蛙和蝌蚪吧。可在我看来,他们跟鱼差不多,那不算。"兔子彼得说。

"再猜一次,"红翼黑鹂反驳道,"你猜的时候,注意看着长腿苍鹭。"

兔子彼得向长腿苍鹭刚才待着的地方望去,发现他已经离开了水边。兔子彼得急忙寻找他。只见长腿苍鹭在格林牧场上慢慢地走着,四处看着。就在兔子彼得看着他的时候,他的喙突然向下啄去,就像捕鱼的时候一样。不过,他准备吃的这个东西不是鱼,而是一只小田鼠。

"你瞧,"红翼黑鹂说,"长腿苍鹭是捕鱼者,同时也是猎手。他并不是全靠吃鱼来生活的。说着说着,我们这里来了另一个捕鱼者。"

兔子彼得转过身,看到水貂比利向微笑池塘走来。

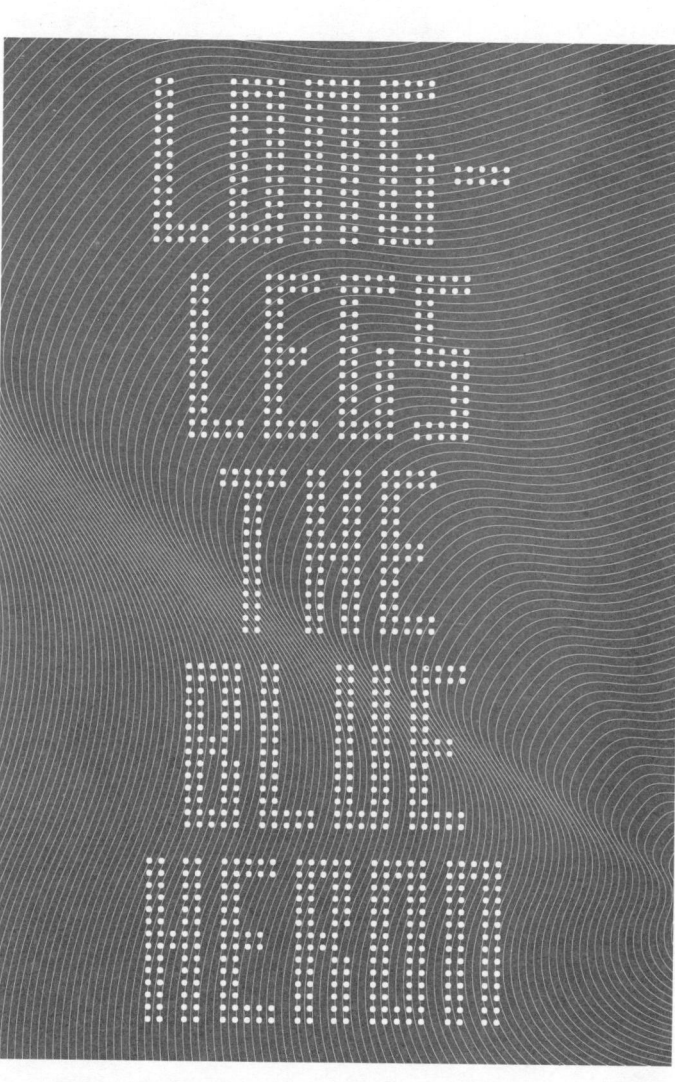

第三十章
"愚蠢"的吵架

争吵无益,
痛苦"满地"。

兔子彼得发现长腿苍鹭不仅是捕鱼者，还是猎手，所以他很吃惊。如果他没有亲眼看到长腿苍鹭捕食田鼠，无论你说得多么天花乱坠，他都不会相信。于是，兔子彼得对长腿苍鹭越来越好奇了，他几乎每天都要去微笑池塘，从而进一步了解长腿苍鹭。有时长腿苍鹭没有来微笑池塘，兔子彼得就会非常失落和难过。长腿苍鹭有时很健谈，有时又一句话都不说。

一天早晨，水貂比利早早地来到了微笑池塘，刚爬到一块大石头上坐下，长腿苍鹭就从大河那边飞过来了。水貂比利看到他过来，心想："我希望这家伙能自觉去微笑池塘的另一边捕鱼。我这边已经没他的地儿了。我得告诉他,这里是我的地盘。"

然而,长腿苍鹭可不会这么想。就在大石头旁边,他伸出长腿落在了微笑池塘里,收起翅膀,找了一个舒服的地方,开始耐心地等待。

长腿苍鹭没看见水貂比利,但被水貂比利看见了。水貂比利很生气,几乎要从大石头上蹦起来。但最后他还是强忍住了,什么都没做,长腿苍鹭也就没注意到他。

兔子彼得在不远的地方看着他们。这时,如果一条鱼游过来了,他们会怎么样呢?兔子彼得对此很好奇,他多么希望有一条鱼游到他们中间啊。但鱼不傻,怎会轻易游过去!甚至连在他们附近多停留一会儿的鱼都没有。水貂比利仍旧一动不动地坐在石头上,就像长腿苍鹭一动不动地站在微笑池塘里一样。兔子彼得庆幸自己不是一个捕鱼者,因为捕鱼需要有足够的耐心。最后,长腿苍鹭坚硬的喙和比利锋利的爪同时出击了，但不仅谁都没捕到鱼，还吓跑了微笑池塘里所有的鱼。

接着，一场前所未有的"愚蠢"的争吵就爆发了。

水貂比利大叫道："那是我的鱼！"

"那你怎么没抓到呀？"长腿苍鹭反驳道，"那是我的鱼，你为什么要打扰我捕鱼？"

"我没有打扰你，是你打扰到了我。"水貂比利愤怒地喊道，"你怎么不去你的大河，反倒跑这儿来打扰我们这些老实的捕鱼人？"

"老实人！"长腿苍鹭吼道，"你居然说你是老实人，老实人会从我的嘴边抢走我的鱼？"

水貂比利尖叫道："那不是你的鱼，是我的鱼！"

突然，微笑池塘的中央传来一声巨响。水貂比利和长腿苍鹭赶紧朝那边看去，只见鱼鹰伯兰特从水中飞了起来，嘴里还叼着一条肥鱼，正是他们刚才争夺的那条。他们盯着鱼鹰伯兰特，为了宣泄仇恨，就开始大叫"小偷！小偷！"这简直和他们刚才吵架一样愚蠢。

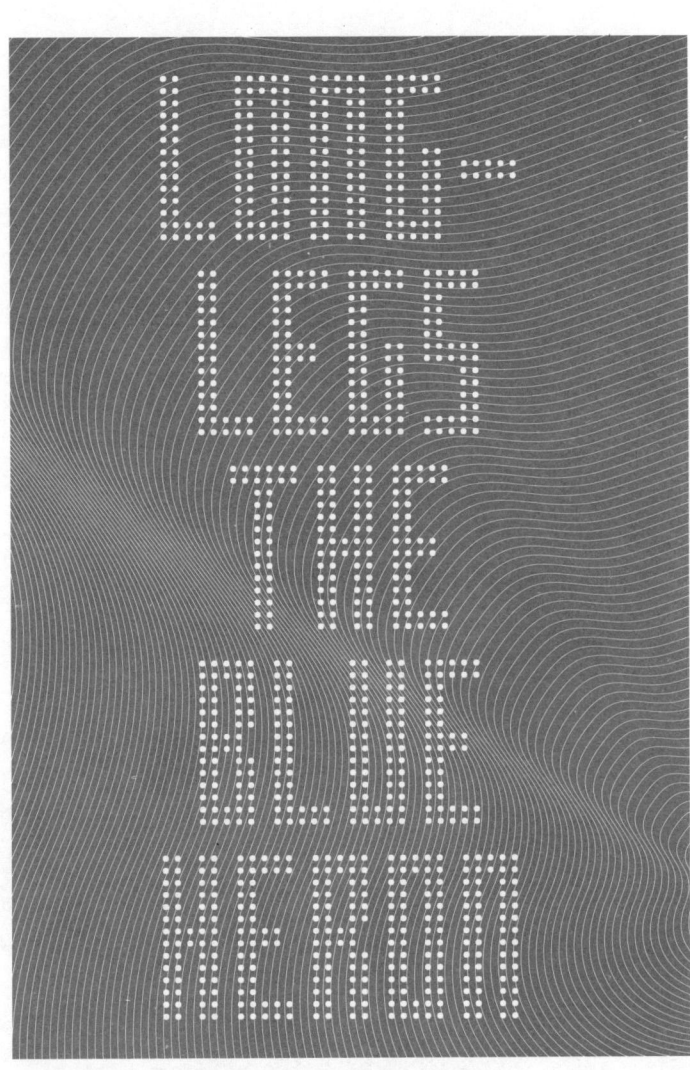

第三十一章
长腿苍鹭来自鹭族

徒有虚名,
毫无意义。

兔子彼得开始慢慢了解长腿苍鹭。经过长期观察，他得出这样一个结论：长腿苍鹭只要运气好，捕到鱼了，脾气就随和。

"你来自一个大家族，对吗？"兔子彼得问道。

长腿苍鹭点了点头，说："非常大的家族。你肯定认识我的表弟夜鹭夸克和绿鹭坡克吧。"

兔子彼得点了点头，说："我当然认识，在认识你之前，我就认识他们了。我想你是整个家族里个头儿最大的吧。"

长腿苍鹭说："我想是的。"

"他是一只鹤，一只蓝鹤。"红翼黑鸫插嘴道。

他刚才一直在听他们谈话。

长腿苍鹭迅速抬起了头，厉声说道："胡说！看清楚了，我是一只鹭，哪里是鹤？我不知道人们为什么叫我鹤，甚至叫我蓝鹤，太搞笑了！"

兔子彼得若有所思地用一只后脚挠了挠耳朵，然后问道："有鹳这么种鸟儿吗？"

长腿苍鹭回答道："当然有了，鹳是另外一个家族。鹳族也许是一个不错的族群，但我为我自己的家族骄傲，所以我不想别人把我归错类。"

红翼黑鹂插嘴道："或许你更喜欢被称为鹳，我知道曾经有人叫你鹳。"

"我知道。"长腿苍鹭说，"我很奇怪为什么总有人那么无知。我不是鹳，也不是鹤。不过，的确有人叫我沙地鹤，就是那种沙丘鹤。其实，这里真的有一只沙地鹤。我不知道如果人们见了他，会叫他什么。我是长腿苍鹭。我和他们都不同，瞧，我的腿比较长。"

"我想,"兔子彼得说道,"你在温暖的南方过冬。"

"如果我不去南方,现在我也不会在这里了,"长腿苍鹭讥讽道,"难道你以为我能在冰天雪地里生活?我当然在温暖的南方过冬了。"

兔子彼得说道:"你应该知足了,你不必像野鸭夫妇那样觅食,也不需要担心一年两次的长途跋涉,那太可怕了。"

"哼!"长腿苍鹭反驳道,"你说得好像我就没什么要担心似的。野鸭夫妇一旦到了他们在地面上的巢里,就平安了。你看见我翅膀上的缺口了吗?"说着,长腿苍鹭伸开了翅膀,很明显,那里少了几根羽毛。

兔子彼得点了点头,然后问:"这是怎么回事?"

长腿苍鹭回答道:"是枪,人类的可怕的枪!来这里的途中,我的翅膀被打中了。而这个夏天,还不知道会遇到什么危险呢。我每天都提心吊胆。"

兔子彼得问道:"他们为什么要用枪打你呢,长腿苍鹭?"

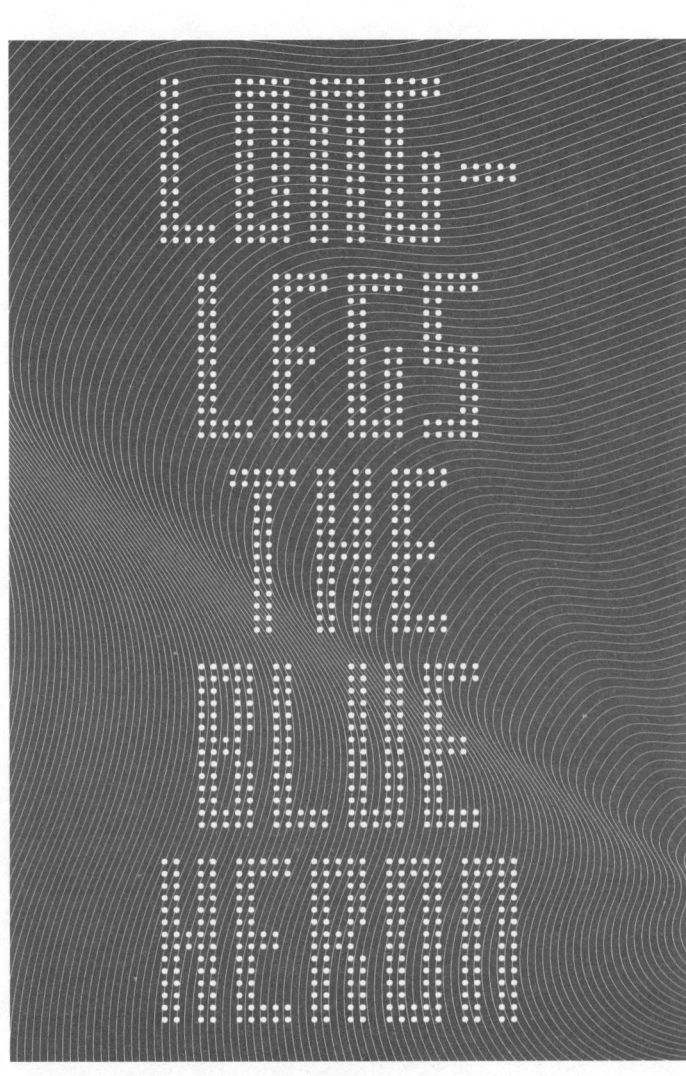

第三十二章
水蛇家族捕鳟鱼

善闻其详者，
　多长见识。

长腿苍鹭对兔子彼得说,人类经常用枪打他。兔子彼得很想知道为什么。

"猎人为什么用枪攻击我?这个问题你别问我。"长腿苍鹭回答道。

"他们开枪打野鸭夫妇,是因为想吃他们。"兔子彼得说道,"难道他们也要吃你吗?"

"我不知道,"长腿苍鹭回答道,"我只知道他们老向我开火。一次抓鱼的时候,我搞明白了,那些两条腿的动物似乎认为这里的一切都是他们的。我不知道为什么我不能像他们那样捕鱼。我喜欢鳟鱼,他们也是。可我只要抓住几条就满足了,我不像他们那样抓很多。现在我不敢捕食鳟鱼了，因为那些两条腿的动物一看到我在捕鳟鱼，就愤怒地驱赶我。你觉得这公平吗？"

"不公平。"兔子彼得说。这时，微笑池塘边上的水面上溅起了一些水花。兔子彼得看过去。原来是水蛇先生，他嘴里还衔着一条鳟鱼呢。长腿苍鹭生气得三步并作两步地朝水蛇先生冲过去。水蛇先生立刻窜入水中，不见了。

"你看见了吧，"长腿苍鹭气急败坏地喊道，"看到他嘴里是什么了吧？看到了吧？"

"是的，我看见了。怎么了？"兔子彼得回答道。

"怎么了？"长腿苍鹭叫喊道，"怎么了？你没看到他嘴里的东西吗？"

"看到了，"兔子彼得回答道，"是一条小鱼。"

"那是一条小鳟鱼！"长腿苍鹭怒气冲冲地说道。

"哦，那又怎样？"兔子彼得回答道，"他和你有同样的权利啊。"

"没错，但是你不觉得他应该被指责吗？他的一大家子都在哈哈溪里上下穿梭，靠鳟鱼为生。抓那样的小鱼，我都为他感到羞耻。那些两条腿的动物目光短浅，他们只看到我在小溪边捕鱼，当鱼变少的时候，他们就怪我。而水蛇先生和他的七大姑八大姨都在捕鱼。我觉得这个世界根本没有公平可言。水蛇可以在捕鳟鱼时避开大家的视线，而我只能老老实实地在光天化日下捕鱼，甚至因此遭到枪击。水蛇家族吃的鳟鱼全都算到我的头上了。"长腿苍鹭说道。

"这太糟了，长腿苍鹭。"兔子彼得边说边摇头，"太糟糕了，如果我是你，我也会这么想。因为别人的过失而受到指责，是一件无奈的事情。"

第三十三章
长腿苍鹭走了

哎！哎！哎！
人类好可怕，
时刻要警惕。

接下来的几天里,长腿苍鹭都在微笑池塘和哈哈溪的边上捕鱼,兔子彼得每天都来看望他。这天早上,兔子彼得赶到时没发现长腿苍鹭,找了好久也没见到他的踪迹,于是就坐下来等,因为长腿苍鹭以前也来晚过,所以兔子彼得没在意。最后,长腿苍鹭终于来了,落到了兔子彼得的对面。

"真高兴你在这里,"长腿苍鹭说道,"我还担心你不在呢。"

兔子彼得惊讶地问道:"看起来你的心情不太好。"

长腿苍鹭说道:"我要走了,要和你道别了。"

"你为什么要离开呢?"兔子彼得问道,他更惊讶了。

长腿苍鹭回答道:"因为我的夫人想筑个巢,所以是时候离开了。"

兔子彼得问道:"可是,你要去哪里呢?"

长腿苍鹭回答道:"这个可不好说。"

兔子彼得问道:"你不在这附近筑巢吗?"

长腿苍鹭说道:"不,附近没有适合筑巢的地方,我们会朝北走,然后在格林森林里找个僻静的湖,那里有很多鱼,而且没有人会打扰我们筑巢。我就要启程了,就此分别吧。到了秋天,我就回来了,希望那时还会看到你。"

兔子彼得说道:"但你的表弟夜鹭夸克和绿鹭坡克都不去北边筑巢啊,他们的巢就在附近。既然他们可以在这里筑巢,为什么你不可以?我真纳闷儿啊!"

长腿苍鹭说道:"他们比我小,不会像我一样被人类打扰。改天我再告诉你,两条腿的人类是怎么试图用那些可怕的枪猎杀我的。如果我在这里筑巢，肯定会被他们找到，而我的巢也就大难临头了。"

兔子彼得坚定地说："农夫布朗的儿子就不会这样。"

长腿苍鹭说道："是的，是的。我知道农夫布朗的儿子不会。但如果其他人这样做，他也阻止不了。我必须像野鸭夫妇那样继续前行。我再抓一条鱼，然后就离开。"

"我希望那条鱼不要那么快游过来。"兔子彼得自言自语道。他实在不想和长腿苍鹭分开，他们已经是好朋友了。

兔子彼得的愿望成真了。长腿苍鹭确实等了很长时间，一条鱼才游过来。眼看就要捕到了，没想到鱼又跑了。他只得重新再来，耐心等待。过了一会儿，又有一条鱼游过来了，这次长腿苍鹭没有失手。他伸出脖子将鱼吞下，然后转身面向兔子彼得。

"再见了,兔子彼得。"他说道。兔子彼得还没来得及说"再见",长腿苍鹭就伸展翅膀,缩起肩膀,长长的腿拖在后面,像条尾巴一样,慢慢地飞走了。

"愿他一路平安。"兔子彼得叹道。直到长腿苍鹭消失得无影无踪了,他才向自己的家走去。在亲爱的蔷薇丛的家里,他的夫人正等着他呢。